プラチナ文庫
Platinum Label

灼熱の楔につながれて

橘 かおる

"Shakunetsu no Kusabi ni Tsunagarete"
presented by Kaoru Tachibana

プランタン出版

イラスト／亜樹良のりかず

目次

※本作品の内容はすべてフィクションです。

シャッターを切った後、視界の片隅をちらっと黒い影が掠《かす》めた。なんだろうとその方向に視線を向け直したが、すでに不審な影は消えている。

なんとなく気になった佐久間《さくま》暁《あきら》は、デジカメを持ったまま、堂々たる構《かま》えのホテル、バージ・アル・サウディンの正面から離れて脇の方へ回った。

サウディンでも最高級のホテルであるバージ・アル・サウディンは、バッサム港沖合の人工島にある。ここは、港から繋《つな》がる専用ハイウェイか、海上を遊覧しながら行き着く船、あるいはヘリポートに降り立つかのどれかしか到達する方法がないことから、警備網が敷きやすく多くの重要な会議の舞台となってきたホテルだ。

フリー・ジャーナリストの暁は、ホテル内で行われるＯＰＥＣ会議の取材のためにやってきた。警備上の都合でまだ入室が許されずにいる間に、ホテルの外観でも撮っておこうとカメラを構えていたところだった。

「それにしても、暑い……」

汗を拭《ぬぐ》いながらホテル横の日陰に入って、ほっと一息つく。じめじめした湿気がないので、それだけでも耐《た》え難《がた》い暑熱が和《やわ》らぐのだ。

かけていたサングラスを外して、ポケットに差した。漆黒《しっこく》の冴《さ》え冴えした瞳が露《あら》わになる。フリーであるがゆえに、ひとより目立とうと赤褐色に染めた髪が、灼熱の太陽の下にはひどく似合っていた。

身長は百七十五センチある。日本では決して低い方ではなかったのだが、体格のよいこちらのひとの間に交じると、華奢《きゃしゃ》だなどと言われてしまう。日に焼けてはいるが滑《なめ》らかな肌を持つ顔には、くっきりした眉、黒い瞳、薄いが形のよい唇がバランスよく収まり、その一番日本人らしい黒瞳をサングラスで隠すと、たいがいの人間は、晄のことを何国人なのかと首を傾《かし》げることになる。ひとの目を惹《ひ》きつけてやまない凹凸《おうとつ》のはっきりした派手な顔立ちが、一般的な日本人の印象とはかけ離れているせいだ。

小さい頃は長い睫毛《まつげ》やバラ色の頬、やや丸顔のあどけない表情から、天使のようだと言われたこともある。性別を間違えられてふてくされたこともあったが、成長期を経《へ》ると、ふっくらしていた頬も引き締まり、シャープな輪郭《りんかく》に変わった。可愛いという形容詞が取れて美形と言われるようになった今の顔は、自分でも嫌いではない。

静まり返った脇道を端まで見通して何もないことを確認し、気のせいだったかときびすを返そうとしたとき、あとにしてきた正面の方で鈍《にぶ》い爆発音が聞こえてきた。ＯＰＥＣに集まる要人達を狙って仕掛けられたテロに違いない。

「しまった」

思わず舌打ちしたのは、自分が絶好のチャンスを逃したことに気がついたからだ。あのままもう少しあそこにいれば、自分こそが特ダネ写真を撮れたはずなのに。

　不審な影を追ってここまで来たことなど、頭から吹っ飛んだ。急いで引き返そうとしたとき、目の前のホテルの裏手から飛び出してきた黒い人影に、え？　と踏鞴《たたら》を踏んだ。

　数名の黒い服を身につけた男達も、自分達の前に立ちはだかる形になった晄に驚いたようだ。しかし驚愕《きょうがく》は一瞬で、首領らしいひとりの合図で、まるで黒い風のように晄の脇を走り抜けて行く。

「待て！」

　思わず日本語で叫《さけ》んで、待つわけないかと晄もあとを追って走り出した。彼らはきっと爆発音と関係があるはずだ。走りながら、手にしていたデジカメのシャッターを何度か切る。狙う余裕なんかないから、写っているかいないかは運任せだ。

　それに首領らしい男が気がついた。仲間を先に行かせてから、晄の元に駆《か》け戻ってくる。かなりの長身だ。見上げる角度から言って、百八十センチは越えているだろう。

　全身黒ずくめで、顔もカフィーアの端を巻きつけて隠している。表情はわからず、ただ眸《ひとみ》だけが僅《わず》かな隙間から覗《のぞ》いていた。

　思わず魅入られてしまいそうな、鮮やかな緑の眸。

　その鮮烈さに息を飲んだとき、緑の眸が殺気を孕《はら》んで晄に襲いかかる。

「うわっ！」

最初の一撃を危うくかわした。続けて伸びてきた腕で、晄は男の狙いが彼らを写したデジカメであることに気がついた。

「渡すか！」

掌サイズのそれをポケットに捻《ねじ》り込み、相手の蹴《け》りを身を屈《かが》めて避《さ》ける。ちっと舌打ちした男が、素早く間合いを詰めて拳《こぶし》を繰り出してきた。

「…っ！」

それをクロスした両腕で辛《かろ》うじて受ける。肘《ひじ》打ち、回し蹴り、そしてストレートの拳。男は素早く的確な動きで晄を追い詰め、それを間一髪でかわし続けているものの、息は次第に荒くなってきた。

「くそっ」

凄《すさ》まじい殺気に負けまいと睨《にら》みつけるが、とても長くは持ちそうもない。普段から身体を鍛《きた》えているとは言っても、所詮《しょせん》はアマチュア。戦闘のプロを相手にして、敵《かな》うわけがない。もうだめかと思ったとき、背後のホテルからひとがバラバラと走り出してきた。ようやくこちら側の異変に気がついたらしい。

晄と対決していた相手が、ぎりっと歯嚙《はが》みする気配が伝わってきた。助かったと、一瞬気を緩めた隙をつかれて、男が懐《ふところ》に飛び込んできた。

「あっ」

目の前を走った銀色の閃光《せんこう》に、危うく身を仰《の》け反《ぞ》らせる。上着がぱらっと切り裂《さ》かれ、デジカメが転げ落ちた。男は腰から引き抜いたジャンビーアを鞘《さや》に収めながらデジカメを拾い上げ、晄に鋭い一瞥《いちべつ》を投げてから、仲間が去った方向へ走り出す。

「カメラがそれひとつだと思うなよ！」

死守するつもりだったカメラを奪われて悔《くや》しい晄は、思わず負け惜しみで叫んでいた。

「もうひとつのやつを現像して、公開してやるからな！」

精一杯で叫んだアラビア語が男に届いたのかどうか。晄の脇を擦り抜けて男のあとを追っていった数人は、見失ったと肩を落として引き返してきた。慌《あわ》ただしく緊急配備を手配する声が聞こえる。

晄は全力を使い果たした気分で、その場に座り込んでいた。胸からポケットまで切り裂かれた上着を見て、自分がどれだけ危なかったかを改めて悟《さと》り、ぞっと背筋を震わせる。誰かが耳元で何か言っているのだが、ひどい耳鳴りがしていて言葉として理解できない。

あの銀色の閃光を避けなければ、今ごろは切り裂かれて血の海の中に事切れていたはずだ。邪魔をするものは容赦《ようしゃ》しないという殺気を、あの男は全身から発していた。

誰かが晄のショックに気がついたようで、その場に折り畳みの椅子を持ってきてくれた。座るように促《うなが》され、縋《すが》るようにして腰を持ち上げた。ようやく、こちらに話しかけている穏《おだ》やかな声が、意味あるものとして聞こえてきた。

「よく助かったな。『砂漠の黒い風』と相対して生きていたのは君が初めてだ」

茫然《ぼうぜん》としていた晄に、軍服を着込み、カフィーアを被った髭《ひげ》の男が「まあ飲みなさい」と温かな飲み物を押しつける。

まだどこか啞然《あぜん》としたまま、晄は暖かな飲み物に口をつけた。香料の強いアラビックコーヒーだ。ひと口、ふた口啜《すす》ってから、大きくため息をつく。ようやく人心地が戻ってきた。

晄に飲み物をくれた男は、次々に駆け寄ってくる部下達に慌ただしく命令を下している。どうやら彼がここの責任者らしい。

「大佐《たいさ》、オマイヤ大佐」

と呼びかけられて振り向いたところを見ると、彼の名前はオマイヤというらしい。

事前にプレス関係者に配られた中で、今回の警備責任者として名前があったことをぼんやり思い出す。

「『砂漠の黒い風』……、あの男のことだろうか？」

コーヒーを啜りながら考えていたら、大佐が覗き込んできた。どうやら、言葉にして呟《つぶや》いたらしい。

「あいつの通称だ。全身黒衣に身を包んで、風のようにやってきて荒らし回る。砂漠のどこかにアジトがあるらしいので、そう呼ばれているんだ。重要手配犯に上がっていながら、なかなか居場所を掴めなくてな。手をやいている。今回は君という目撃者を得られたが」

晄は反射的に首を振った。

「残念ですが、顔はカフィーアで覆《おお》っていて、眸だけしか。せっかく写したデジカメも盗《と》られてしまいましたし」

「そうか。残念だ。それはともかく、一応聴取はさせてもらわなければならないから」

身分証明書の呈示《ていじ》を求められ、宿泊ホテル名等、連絡先も聞かれた。

「日本人？」

改めてまじまじと顔を覗き込まれた。

「母国語のようにアラビア語を喋《しゃべ》っているからてっきり。それにわたしの知っている日本人は、もっとこう……」

と言いかけて、大佐は「いや、いい」と手を振った。晄は苦笑する。隠すことでもないからあっさり自分の素性を打ち明ける。

「母がディルハンの出身なんで。つまり俺は、こちらの血も引いていることになります。顔立ちがちょっと違うとは、日本でもよく言われていました」

「ディルハン？　それはまた奇遇だな。さっきのテロリストも、出身はディルハンなんだ」

それまで好意的だった大佐の瞳が、急に疑いを帯びてくる。同国人ということで、もしかして繋がりが、と疑惑を持たれたようだ。

「勘弁《かんべん》してくださいよ。その、いかにも俺を疑うような眸は」

苦笑しながら暁は、

「母の兄が、今回の会議でディルハンから来ているはずなので、俺の身元は保証してもらえると思うのですが」

と大佐に申告した。テロリストの一味と勘違いされては、たいへんなことになる。異国の裁判では、勝手が違うことから無実の罪で投獄《とうごく》されることもあり得るのだ。

「伯父さんの名前は？」

「アブドウラー・ハミスです」

「これはこれは、今回の副使か。彼が身元保証人なら不足はないが、一応確認させてもらうぞ」

念を押す大佐に頷《うなず》き返しながら、暁はサウディンに来ることになった事情を思い返していた。

今回のＯＰＥＣは、新たに産油国の仲間入りをしたサラーラを、新規メンバーとして認めるかどうかという会議で面白味はなく、晄にしてもどうしてもやりたい取材ではなかった。ただ、サウディンで開催されることと、今ではディルハンの石油省にいる伯父がもしかして参加するのでは、という思惑《おもわく》で取材を引き受けたのだ。

大佐がどこかに連絡を取っている間、晄は周囲の慌ただしい動きを眺《なが》めていた。写真はなくても記事は書けるから、現場に居合わせたラッキーを少しでも利用しようと思ったのだ。それに疑いが晴れればここの責任者らしい大佐から、もう少しネタを引き出してやれるかもと、ジャーナリストらしい思惑もあった。

まもなく連絡がついたのか、大佐は晄を促してホテルの中に入っていった。

「おや、いいんですか？　時間までは立ち入り禁止だと、厳しく言われていましたが」

「わたしが責任者だ」

言い捨ててさっさと歩いていく大佐の後から急ぎ足でついていきながら、晄はポケットの中に入れてあるボイスレコーダーを確かめた。スイッチを入れればすぐに稼働《かどう》することを指先で確かめてから、「でも」と大佐に話しかける。

「なんだ」

速度を緩めないままに、大佐が答えると、

「このまま牢屋《ろうや》にぶち込まれるのは嫌なんで」

「この状況で、なんで牢屋の話になるんだ」

「立ち入り禁止を破っていると難癖をつけられて、家宅侵入罪とかで逮捕《たいほ》されそう」

途端《とたん》に、大佐がぶっと噴《ふ》き出した。遠慮なく哄笑《こうしょう》しながら、振り向いて晄の肩を叩く。

「なかなかユニークな発想だ。どうやら経験がありそうだな。君を逮捕するときには、その口実を使わせてもらおう」

「よしてくださいよ」

大佐の態度から、無事に切り抜けられそうだとの感触を得た晄は、あとは促されるままおとなしく歩いていく。

本当に豪華なホテルだった。仕事柄、世界中の高級ホテルはそこそこ知っているが、ここはそれに勝るとも劣《おと》らない設備が整っている。真紅《しんく》のカーペットが敷き詰められ、踊り場にはエキゾチックな花々が生けられた花瓶がおかれ、芳香《ほうこう》を放っている。壁には名のある画家の描いたものだろう絵画が無造作に掛けられ、通路のところどころに置かれた飾り棚に、クリスタルガラスでできた置物や、アンティークな時計なども飾られている。

通路は騒ぎの余韻《よいん》で警備担当者が右往左往《うおうさおう》していて物騒な雰囲気だが、誰もが大佐には立ち止まって敬礼《けいれい》し、後ろに従《したが》う晄にはちらりと好奇の視線を投げかけるだけで誰何《すいか》してくる者はいなかった。

やがて、それまで通り抜けてきた所とは、一段と豪華さが違う一角に辿《たど》り着く。

「この階から上は、今回の会議出席者達の宿泊場所になっている。わたしも許可がなければ立ち入れない」

「宿泊所って……。え？」

聞かされていたことと違うので、晄は首を傾げる。会議のみここで行われ、出席者は安全のためあちこちのホテルに分散していると発表されていた。

「極秘中の極秘事項だ。今回のような騒ぎが起こるかもしれないと、事前に察知されたかたがあってな。直前にすべての警備計画が変更された。おかげで公表されていた到着時刻に合わせた玄関先での爆発騒ぎにも、怪我人はでなかった」

少し先のドアの前に立っていた歩哨《ほしょう》が、こちらに気づいて合図してきた。

「どうやら話は通っているらしい。行こう」

ドアの前で、大佐の身分証明書がチェックされる。晄も同様に求められ、武器を持っていないかのボディチェックもされる。あちこちのポケットに入っていた金属製の品物はすべて取り上げられた。その中にボイスレコーダーも含まれていたから、晄としては残念、というしかない。

やがてドアが大きく開かれ、暁は大佐に続いて室内に入った。そこはひろびろした空間ではあったがまだ目的の場所ではないようだ。大佐はさっさと部屋の真ん中を横切り、その部屋でそれぞれの仕事に従事《じゅうじ》していた人々は、ちらりと興味深そうな視線をふたりに向けてきた。

次のドアの前にも武装した警備兵が立っていた。大佐を見て敬礼し、そのまま中に入るようにドアを開けてくれる。

まだなのか、とうんざりしたのは、その部屋の向こうにもドアがあることで、ここも控《ひか》え室にすぎないようだ。しかし三番目のドアの前に立っていたのは兵士ではなく、お仕着せを着た従僕《じゅうぼく》らしい男だった。大佐と暁を見ると、軽く舌打ちして、側にいた人間を走らせ、上着を持ってこさせた。切り裂かれたままのそれではだめだということらしい。

おとなしく着替えた暁を見てから、彼は待つように言い置いて自分だけがするりと中に入って行く。そしてすぐに出てくると、今度はもったいぶったようすで左右に大きくドアを開け、「入室の許可が出ました」と恭《うやうや》しく頭を下げてきた。

暁の内心で警戒警報が鳴る。ここまでの仰々《ぎょうぎょう》しさから、何かやばいものがこの先に待ち受けていると第六感が告げたのだ。ジャーナリストとして世界各地を巡《めぐ》る間に、こうした勘を無視するととんでもないことになると学んでいる。そしてその勘は、うまく利用できれば素晴らしいスクープを暁にもたらしてくれたこともあるのだ。

さっきの黒衣の男との出会いも、勘がもたらしたと言えなくもない。

大佐のあとから、暁は気を引き締めてその部屋に入った。

そうしておいて正解だった。

恭しく頭を下げる大佐に倣《なら》って一礼したあとで、ようやく顔を上げた暁は、サウディンの誇《ほこ》る三人のプリンス達が、思い思いの表情でこちらを見ていることに驚愕する。

「……マジかよ」

思わず日本語で呟いていた。

中央には、ギリシャ彫刻のように整った顔立ちの皇太子。感情の揺らぎを窺《うかが》わせないコバルトブルーの瞳を暁に向けている。

右手には、通称プリンスと呼ばれている、浅黒い精悍《せいかん》な顔をもつ皇太子弟。彼は暁にはあまり興味がなさそうで、一瞥したあとはつき添《そ》っている大佐の方に視線を据え直した。

そして座っている彼らとは別に、苛立たしげに歩き回っていたのが、王位継承第三位にあるというカシム殿下。やはり男性的なハンサムな顔の持ち主で、確か彼らの従兄弟、だったはず、と暁は脳裏《のうり》に刻んでおいたサウディンの王子達の繋がりを復習する。

それにしてもまさか実物をこんなに近くで見られるとは、と晄はデジカメやボイスレコーダーがないことを悔しがった。もちろん撮影の許可も録音の許可も出るわけはないが、手許《てもと》にそれらがありさえすれば、いろいろやりようはあるものだ。

ふたりが入ると同時に、ぴたりと歩くのを止めたカシムが、射《い》るような視線を真っ直ぐ晄に向けてきた。そして大佐が紹介するのを待ちかねたようにつかつかと歩み寄ってきて、真上から見下ろしてくる。

その長身から放たれる迫力はさすがに一国の王子らしく並はずれたものがあったが、晄は腹に力を入れて持ち堪《こた》えた。ここで気圧《けお》されていては、何も言えなくなる。

眸を逸らさぬままに受け止めていると、急にふっとカシムの表情が和らいだ。

「惜シイ。俺好ミノ、美人ナンダガ」

「日本語⁉」

一瞬耳を疑った。まさかこんな場所で日本語を耳にするなんて、と目を丸くしていると、

「カシム！」という重低音の叱責《しっせき》が飛んできた。皇太子弟の方からだ。

「こんなときにばかなことを言っているんじゃない」

ばかなことって……。

晄はさらに驚愕して今度は皇太子弟を見る。今の日本語がわからなければ、ばかなこと

などと言えるはずが……。

　混乱しながら晄は、そう言えば、とここにいる皇太子と皇太子弟に、何か日本と関係する噂《うわさ》があったはず、と懸命に記憶を蘇《よみがえ》らそうとした。だが、彼らにはあってもカシムにはなかったはずで、ではなぜ日本語、と頭を捻っていると、

「わかっている」

　軽く肩を竦《すく》めたカシムが、

「佐久間、晄？」

　改まったようすで呼びかけてきた。

「はい」

　慌てて返事をし、散漫《さんまん》になっていた注意力を引き戻す。感じたいろいろな疑問はあとまわしだと、ひとまず胸の奥にしまい込んだ。

「ぶつかってきた男の顔を、近くで見たと聞いたが」

　問われることに答えようとして、直答してもいいのかと、隣に立っている大佐をちらりと見る。大佐はかまわないと言うように、微《かす》かに頷いてみせた。晄は自分が出くわした状況を、主観を交えず淡々《たんたん》と語った。

　追いかけてせっかく写したのに、そのデジカメを奪われたと告げたときに、相手が漏《も》ら

した微かな吐息を聞いて、思わず「?」とさらなる疑問を持つ。今のは残念だったというより、ほっとしたため息に聞こえたのだ。

「顔を隠していたとはいえ、何か、特徴はなかったか」

語り終えたとき、今度は後ろの方から質問が飛び、咄嗟《とっさ》に暁は目の前のカシムのようすを窺う。いかにも余計なことを、と言わんばかりに眉を顰《ひそ》めている。つまり彼は、賊《ぞく》のことをあまり詮索したくないのだ。

後ろから声をかけてきたのは、どうやら皇太子らしい。暁は迷ったように大佐を見、カシムをちらりと見てから、別に隠すことでもないと口を開いた。

「緑の眸をしていました」

ざわっと室内の空気が動いた。

「……アスーラだな」

暁に問いかけた同じ声が、呟いた。何も知らない暁にも、部屋の中がぴりぴりする緊張に包まれたことくらいはわかった。

「ご苦労だった」

重い空気を破るように礼を言ってくれたのは皇太子弟で、

「別室にディルハンの副使を呼んである。じっくり旧交を温めるといい」

と言ってくれたのも、彼だった。

大佐に促されて、その部屋を辞去《じきょ》した暁は、後ろでドアが閉ざされた途端、

「はあっ」

と、天を仰《あお》いで大きく息を漏らした。最後に見たカシムの苦々《にがにが》しい表情に、彼にとっては自分がよくない知らせを告げたのだとわかったが、どうしようもないことだった。とにかく、やんごとないお方との謁見《えっけん》など二度とごめんだ、と思いながら大佐を恨めしげに見る。

「大佐、ひと言注意してくださってもよかったじゃないですか。俺、生きた心地がしませんでしたよ」

「そうか？　堂々としていたように見えたが」

「うえ～。冗談じゃない。寿命が確実に何年かは縮まりましたね」

来たときとは逆に部屋を進みながら、暁は、閉ざされたあの奥で、どんな話し合いが持たれているのか知りたいと、痛切に願った。

要人を狙ったテロリストの処遇に関して、彼らの間に意見の相違があり、どうやら擁護《ようご》しているらしいカシムとテロリストにはなんらかの繋がりが存在する、というのが、見聞きして感じた暁の意見だ。

探り出すことができれば、スクープになりそうなそれを、知りたい、というのはジャーナリストの本能だ。ただ、今の暁は、それだけではなく、アスーラという名前と、あの強烈な輝きを秘めた緑の瞳に、強く惹きつけられていた。彼が関わることだから、知りたい。それは常のジャーナリストとしての好奇心とは少し違っていることを、暁自身はまだ気がついていなかった。

大佐は、ディルハンの副使が待っているという部屋に暁を導《みちび》きながら、これはサウディン側の好意であると告げた。

「沈黙を守ってほしいという賄賂《わいろ》、でもあるのだが」

「何に対する沈黙？　賊と出くわしたこと？　それともカシム殿下が、賊を庇《かば》っておられること？」

「さすがに鋭いな」

大佐は苦笑しながら、しかしそれに関しては肯定も否定もしなかった。やがて閉ざされたドアの前に立ち止まる。

「念のために聞いておきたいのだが。砂漠の国では、家長が絶対の権限を持つ。それは結婚に関してもそうで、女は親の決めた相手としか結婚できない。君の母親が日本人と結婚するのを家長が許可したとは思えないが」

「確かにその通りです。勘当同然に日本に渡ったと聞いています」

「やはりそうか」

大佐がこちらのことを気にかけているのが伝わってきたので、晄も包み隠さずに自分の事情を告げた。

「ディルハンの、母方の縁者と関わるつもりはなかったのですが、半年前に母が亡くなりまして、もし可能なら、と遺品を託《たく》されたのです。母は日本で幸せでしたが、それでも故国のことを忘れたことは一度もないようです」

大佐は興味深そうに晄を見た。

「事情はわかった。が、年月が経《た》っていても、母親の縁者がその暴挙《ぼうきょ》を許したかどうかはなんとも言えない。こちらでは、許されない恋をしただけで死罪ということがあり得るのだ。下手をすると君自身が、母親の罪を償《つぐな》わさせられるかもしれない。今回サウディィンが再会の労を取ったから、少なくとも命に関わる大事にはならないはずだが、ただ、先方が君を受け入れるかどうかまでの保証はできない。一応、それなりの覚悟《かくご》はつけてから、逢ってもらいたい」

「ありがとうございます。そのあたりは、母からも聞いていました。ディルハンには足を踏み入れるなと。なのでサウディィンでの再会に望みを託していたわけです」

親切に忠告してくれる大佐に、暁は頷いて答えた。

「わかっているならいい。余計な忠告だったな。今回のことを災難と見るか、僥倖《ぎょうこう》と見なすかは君次第だが、今後も何か困ったことがあったら、王宮警備隊に来てオマイヤ大佐を頼むと言いなさい。わたしにできることなら力になろう」

「ありがとうございます」

礼を言う暁に手を振りながら、大佐はドアの前に立っていた警備兵に開けるように言ってくれた。

「行きなさい。アッサラーム・アライコム」

君に平和がありますように、という別れるときの常套句《じょうとうく》を告げて、大佐は暁を中に入るように促し、自分は元の通路を引き返していった。

開かれたドアの前で、暁は大きく深呼吸した。今度は、やばい、といった第六感は働かない。大佐の言うようにサウディンのお膳立てで逢うからには、身の危険がないからだろう。確かにこれは自分にとってラッキーだ。

それにしても中で待ち受ける母の兄、アブドウラー・ハミスとは、どんな人物なのだろうか。暁はきっと表情を引き締め、左右の警備兵に会釈《えしゃく》して中に踏み込んだ。

宿舎にしているホテルに帰って、暁が真っ先にしたのはシャワーを浴びることだった。炎暑の中での待機、突然の立ち回り、思いもかけないこの国の王家の人々との遭遇《そうぐう》。最後には伯父との対面もあったし。

冷や汗も含めて汗のかき通しで、無難《ぶなん》にすべてを切り抜けた今は、じっとり湿《しめ》った服も汗で汚れた身体も気持ち悪いばかりだ。

頭から熱い湯を被り、バスローブを羽織って空調の効いた部屋に戻ると、もうどこにも出たくなかった。食事もルームサービスで取ることにして、取り敢《あ》えず冷蔵庫からビールを取り出す。外国人専用ホテルなだけあって、さすがにホテル内で禁酒ということはなく、一杯飲まなければやりきれないと思う暁には幸いだった。

最初の一口をごくごくと喉《のど》に流し込み、ようやく人心地ついてから、ルームサービスに電話する。

髪を乾《かわ》かしながら待っていると、今日一日の出来事が脳裏を掠めていく。

あれこれの疑問を晴らすために、どう取材すればいいのか。サウディン王家には確執《かくしつ》があると記事にしてもいいのだろうか。

手がかりが何かないだろうかとパソコンを立ち上げて、日本での記事を検索する。

あった。

皇太子と皇太子弟の、日本との繋がり。

皇太子は日本に来て顔の怪我を治療《ちりょう》しているし、皇太子弟は日本への留学経験があるとのこと。では、カシム殿下は？

どう検索しても彼と日本との関わりは出てこなかった。でも、「惜シイ。俺好ミノ、美人ナンダガ」と言ったのは彼なのだ。

頭の中で繰り返して、晄は飛び上がった。

「なんだって？　とんでもないことを言われてるじゃないか、俺。冗談じゃないぜ」

異国のプリンスの口から日本語が飛び出したことに衝撃を受けて、それが自分のことを評しているとまでは理解が及《およ》んでいなかった。美人、好み……。

「俺は男だ」

思わず不機嫌な声で呟いていた。

確かにまだ十代の頃は、少女に間違えられたこともある。だがそういう手合いは、問答無用でぶっ飛ばしてきた。そのために近所の武道場に通って古武道なんかも齧《かじ》ってきたのだ。そこそこ腕に自信のある今は、冗談も笑って躱《かわ》せるようになり、神経を尖《とが》らせることも少なくなっていたのだが。

だいたい二十六歳にもなった男を美人だと、よく言えたもんだ。普通の相手だったら、張り倒している。

とはいえ言ったのが一国の王族となると、張り倒す前に念入りな根回しが必要だ。

「やっぱりボイスレコーダーくらいは欲しかったな。証拠に使うためにも」

思わず呟いてしまった眺だった。

その思いがけない謁見に比べると、身内の伯父との出会いは平穏《へいおん》だった。

過去に結婚に反対していた祖父が亡くなって跡を継いだという伯父は、穏やかそうな人柄で、母の死を告げると涙ぐんでいた。「生きているうちに逢いたかった」と言い、「過去のことは水に流して、一族として受け入れよう」とも言ってくれた。さらに、「このままディルハンへ遊びに来ないか」と招待されて、いたく好奇心を刺激された。

石油と、最高級のアレキサンドライト鉱山《こうざん》を持つ国、くらいの印象しかなかったディルハンは、共和国になってからかなり排他的《はいたてき》な国になって、他国人の入国に制限をかけている。国内を自由に行き来することにも一定の規制があって、取材はやりにくいとジャーナリスト仲間から聞いていた。

その国を、制限なしで歩けるのは魅力的だった。

チャイムが鳴り、晄はルームサービスを受け取るために立ち上がった。契約していた記事を送信しながら、届いた食事を食べ終わると、やれやれとベッドに横になった。一日の疲れがどっと押し寄せてくる。

明日になったらもう一度伯父を訪ねて、どういう手順でディルハンに入国するかを尋《たず》ねなければ。そして、アスーラ。彼の記事をどこまで書いていいのか、大佐に確認する必要があるだろうな。

そんなことを考えているうちに、疲れていた晄はすとんと眠りに落ちていった。

「……っ！」

半ば眠ったまま身体を捻った晄は、振り下ろされた銀色の閃光を危うく避けた。切り裂かれた枕から、ぱっと羽毛が舞い上がる。熟睡していた心地よい場所から、瞬時に覚醒《かくせい》したのは、本能としか言いようのない危機感だった。

「なっ……！」

凄まじい殺気が襲いかかってくる。

晄は手に触れた枕を振り回して、二旋目の凶刀からも逃《のが》れた。そのままベッドの上をごろごろ転がって床に落ち、膝《ひざ》のバネを使って飛び起きる。無意識のうちに武道の構えを取りながら、自分を襲ってきた相手を確かめようと目を眇《すが》めた。

フットライトだけの薄暗い部屋に浮かぶ長身の黒い影。煌《きら》めく銀の刃を構えて立つ男。闇の中でもその瞳が、鮮やかな緑を帯《お》びていることがわかる。

「……アスーラ？」

まさかと思いながら口にすると、相手がふっと笑った。

「さすがに、名前は聞いたか」

初めて聞くアスーラの声は、覆面《ふくめん》のせいでくぐもって聞こえたが、張りがあって若々しい。そのくせ艶《つや》っぽく響いて、耳から忍び込みとろりと脳髄《のうずい》を溶《と》かしそうな甘さもあった。

だが、声とは裏腹に、全身から殺気を滲《にじ》ませた身体が、銀色に炯《ひか》る刃をぎらつかせながら暁に迫る。

一閃《いっせん》、二閃。髪の毛一本ほどの際どさで交わしながら、手に触れるものを次々に投げつける。

「無駄だ」

アスーラは笑いながら軽々とそれらを避けて、さらに迫《せま》ってきた。じりじりと後ずさりながら、暁は全身の気を張りつめて、アスーラの隙を窺う。このままではじり貧《ひん》だ。せめて懐に飛び込むことができれば。

侵入《しんにゅう》してきた場所を示すかのように、窓から微風が吹き込んでいる。鍵はちゃんとかけたはずだが、そんなものは障《さわ》りにもならなかったのか。

風が、アスーラの被っている黒いカフィーアを揺らし、それが邪魔だったのか彼が軽く首を振る。晄が待っていた隙が見えた。一瞬の躊躇《ちゅうちょ》もなくアスーラの懐に飛び込む。

「ばかが。わざと隙を見せたのがわからなかったのか」

その身体を無造作に捕《と》らえようとしながら、勝ち誇《ほこ》ったようにアスーラが言う。晄は無言のまま、飛び込んだ勢いを利用して、巻き込もうとしたアスーラの腕を摑み低く腰を落とした。

「なに!?」

そのまま相手の力も利用して、自分より大きな身体を投げ飛ばす。そして自分は一目散にドアに走った。だがロックを外して外に飛び出す前に、受け身を取って跳《は》ね起きたアスーラが襲いかかってきた。

「ちっ」

舌打ちして、晄は蹴りを繰り出す。飛び下がってそれを避けたアスーラは、何を思ったかにやにやしながら、手にしていたジャンビーアを腰の鞘に収めた。

「なかなかやるじゃないか。素手でここまで応戦したやつは、初めてだ。戦士には敬意を表してやろう」

　これで対等だ、と両腕を広げて暁を誘う。油断させる手かと警戒を強めながらも、素手《すで》なら逃げるチャンスはあると、じりじりとアスーラとの間合いを計った。

「しかし、こちらが寝込みを襲ったわけではあるが、随分《ずいぶん》色っぽい格好だな」

　色っぽい？　何を言っているのか、さっぱりわからない。戸惑《とまど》わせることで、隙を誘うつもりなのか、といっそう気を引き締めてアスーラを睨む。

「わからないのか」

　呆れたようにアスーラが言った。

「バスローブがはだけて、白い肌が見えているぜ。構えると胸は丸見えだし、なんだその乳首は。ピンク色じゃないか」

　嘲《あざけ》られて、思わず緩んだ前を搔《か》き合わせていた。

「まだまだ。なまっちろい足に、ちらちら見える下着も目の毒だ。男をどうこうしようと思うなんてばからしいと考えていたが、なるほど、そそられるもんだな」

　したり顔で頷くようすにかっとなった。

「ふざけるな！」

　思わず怒鳴《どな》って、一気に間合いを詰めた。蹴りを入れようとしてかわされたので、反対側に着地して後ろから回し蹴りを仕掛けた。それも間一髪でかわされる。拳が眼前に迫って危うく顎《あご》を引いて避けた。が、頬のあたりを僅かに掠ったようだ。懐に飛び込んでもう一度背負い投げを食《くら》わそうと、襟《えり》を捉えた。が、アスーラが軽く身を捩ったので、摑み直そうとした手がずれて、彼の顔を覆っていたカフィーアを引きちぎる結果になった。

それまで顔の半分を隠していた布が裂けて、暁は初めて正面からアスーラの顔を見た。

「あっ……」

鮮烈な緑の瞳にふさわしい、気品のある顔立ちに思わず息を呑《の》む。昼間逢ったサウディンのプリンス達とも共通する、高貴な血統を思わせる整った顔だ。

薄闇でも目が慣れていたのと、至近距離だったので、アスーラの顔をはっきり見て取った暁は、これがテロリストの顔か、とつかの間混乱した。この顔なら、それこそ一国のプリンスだといっても通りそうだ。テロリストだなんて、何かの間違いでは。

「ちっ」

その暁の迷いを、炯々《けいけい》と光る緑の瞳が断《た》ち切った。舌打ちしたアスーラが、足払いをかけ、油断していた暁はもんどり打って床に叩きつけられたのだ。

「くっ!」

後頭部を打ちつけて、一瞬意識が遠くなりそうな衝撃が走った。覆い被さって押さえつけてくるアスーラを撥《は》ね除《の》けようにも、体重差がありすぎる。身軽な自分の持ち味は離れて戦うことなのに、その利点を封じられては。

暁は、撓《たわ》めていた身体の力を抜いた。

「どうした、降参《こうさん》か」

笑いながら言うアスーラに、もしかして、もともと殺す気はなかったのでは、という疑いを持つ。素手でこれほど圧倒的な差があるなら、刃物を手にしていれば一撃でこちらを倒せただろう。掌《てのひら》の上で遊ばれていたのだと思い当たって、暁は屈辱《くつじょく》を噛み締めた。

「……何が、目的だ」

歯を食いしばるようにして、その問いを押し出した。

「目的…。そうだった。おまえとの対戦があんまり楽しかったので、うっかり忘れるところだった。カメラはどこだ」

やはり手加減されていたのか、と暁はぎりっと歯噛みをした。その悔しさを自分の中で処理することで精一杯で、聞かれたことが理解できなかった。

「もうひとつある、と言っただろう。俺達を撮ったカメラだ」

「カメラ……」

それはそっちが持っていったじゃないかと続けようとして、はっと言葉を呑み込む。そうだった。カメラはひとつじゃないと怒鳴ったのは自分で、公開してやると脅《おど》したのも自分だった。

「……いまさら。どうせあんたの正体は当局にばれているじゃないか」

「俺はな。だが部下達はそうじゃない。彼らの映像が公開されると、いろいろ支障が生じる」

そのために首領自ら危険を冒《おか》してここまで……。

一種感動めいた気持ちを覚えて、慌てて余計な思考を振り払う。今はそんなことを感心している場合じゃなくて、自分のことだ。

押さえつけられながら、晄はめまぐるしく頭を働かせていた。今ここでカメラはなかったと白状するのと、あくまでも口を噤《つぐ》むのと、どちらが自分にとって有利か。

「わざわざそれを確認するために来たのか。あんたの部下にとっては涙が出るほどありがたいお頭《かしら》だな」

時間を稼《かせ》ごうと、からかうように言ってみる。言い方が気に入らなかったのだろう。長い指がわざとらしく首に回された。

「生殺与奪《せいさつよだつ》は、俺の気持ち次第だとわかっているのか」

軽く頸動脈《けいどうみゃく》を押されて、背筋に緊張が走る。確かに、殺す気がないと断言するのは早過ぎるかもしれない。間違いなくこの男はテロリストで、当局のブラックリストに載《の》るほどの男なのだ。心臓の鼓動が急に速くなり始めた。じわりと冷や汗が滲んでくる。

「すでに各所に配信した、とは思わないのか」

「していればトップニュースになっていたはずだ」

アスーラはあっさりと暁の言葉に反論する。

「勝手に家捜ししてもいいんだが、誰かに預けたかもしれないし。おまえに聞く方が早いと思ってな。カメラはどこだ」

決断に迷って、暁は唇を噛んだ。それが意地でも口は割らないという意思表示に見えたのか、アスーラが首に回した指にじわじわと力を入れ始めた。呼吸が苦しくなり、暁は息を喘《あえ》がせて身悶《みもだ》えた。がっちり押さえ込まれた身体は、弱々しく身動《みじろ》いだくらいでは逃れるべくもない。

「……っ」

意識が遠くなる。これまでか、と思った途端、アスーラが指の力を抜き、暁は一度に吸い込んだ空気に噎《む》せて咳《せ》き込んだ。ぜいぜい言って抵抗できないでいるうちに、バスローブの紐《ひも》を抜かれて後ろ手に拘束される。そのまま抱え上げられて、ベッドに放り投げられた。

ようやくまともに息ができるようになったときには、暁はほとんど下着だけでベッドに転がっていた。辛うじて肩にまとわりついているだけのバスローブは、身体を隠す役にはたっていなかったし、闇の中に白々と浮かび上がるしなやかな身体がどれほど扇情的《せんじょうてき》か、暁自身にわかるはずもなかった。

「口を割らせる手段は、痛めつけるだけじゃない。屈辱で膝を折らせるのもいいし、あるいは快楽でどろどろに溶かして白状させる方法もある」

暁はまだ荒い息のまま彼の言葉を聞いてはいたが、後ろで括《くく》られた腕をなんとか解《ほど》こうと足掻《あが》いていたので、深く考えもせず聞き流してしまった。だが横たわった自分の側に、ぎしっと音をさせて膝を乗り上げてきたアスーラの、暗い中でもそれだけははっきりと見える緑の瞳が嫌な感じに炯っているのに気がついて、思わず身体を硬くする。まるで獲物を前にして舌なめずりしている獣のような。

「な、何をする……」

声が震えないように腹に力を入れて、アスーラを睨みつける。

「男が男にされて、屈辱を感じること」

「……！」

「わかったようだな。慣れてくると、身体が疼《うず》いて堪らなくなるとも言うぞ。それなしではいられなくなると」

「ばかな」

「試してみようじゃないか。おまえの身体で」

嘲笑《ちょうしょう》しながら、アスーラが指を伸ばしてきた。鳥肌を立てている胸をさらっと撫《な》でる。

「ほう、やはり東洋人の肌は違うな。何国人だ？」

「っ……。よせっ」

恐怖の色を浮かべて、晄の身体が撥ねた。

次はささやかな突起《とっき》でしかない乳首をぎゅっと摘《つま》まれる。得体の知れない震えが、肌を泡立たせた。

「尖ってきたぞ。なかなか敏感でいい」

秘密めかして囁《ささや》かれ、もう一方の乳首も摘み上げられた。晄は声を漏らすまいと唇を噛み締める。

両方の乳首をこりこりと揉《も》まれて、異様な感覚が背筋を上下する。腕は縛《しば》られて自分の下にあるのでどうしようもないが、自由な足で相手の急所を蹴り上げようとした。さらに腹筋を使って上体を跳ね上げ、アスーラの顎に頭突きを試みる。

「おっと」

二段構えの攻撃を、アスーラが器用に身体を反らして避けた。

「危ないやつだな」

胸から手が離れてほっとする間もなく、手加減なしで腹に拳が入った。

「ぐうっ……」

食べたものが逆流してきそうな衝撃にげほげほと咳き込んでいる間に、身体をひっくり返される。縛られていた腕が解かれて、今なら抵抗できる、と思いながらも、腹を殴《なぐ》られたために身体が思うように動かない。

その間にもう一度身体の向きを変えられ、引き抜かれたバスローブの紐で括り直された腕は真っ直ぐに伸ばされて、頭上のベッドの桟《さん》に括りつけられた。

「これで頭突きはなしだな」

にやにや笑いながら、それなら足で、と暴れる晄から少し身を避けて、アスーラは剝《は》ぎ取ったバスローブの裾《すそ》を力任せに引き裂いた。そして一方の足を万力のように押さえ込んで足首を裂いた布で縛ると、その端をベッドの足に括った。

「さて、足技も封じた。あとはどう料理するか」

晄は激しく身体を揺すって、腕と足の戒《いまし》めを振り切ろうとしたが、暴れれば暴れるだけ皮膚が擦れて血が滲むばかりだ。

「もう一度聞こう。カメラは？」

こうなっては意地でも言うものかと、晄は激しい反抗心を燃え立たせながらアスーラを睨む。

「強情だな。名前はと聞いても、返事は期待できない、か。まあ、その方がこっちも楽しめるというものだ」

アスーラは晄をそのままに、狭《せま》い部屋を調べると、パスポートを見つけ出した。

「佐久間、晄。日本人か。ほうー」

何が面白いのか、意味ありげな視線をこちらに投げてくる。

「最近、日本人には何かと縁があってな。弟を助けてくれたのも、日本人の医者だった。それに免《めん》じて、命だけは保証してやろう」

「うるさい！」

アスーラは負け惜しみで叫ぶ晄をにやにやしながら眺めてから、もう一度パスポートに視線を落とす。

「ん？　二十六歳？　おまえ俺より二歳も年上なのか。とてもそうは見えないな」

東洋人の歳はわからない、とわざとらしく驚いて見せて、舐《な》めるようにいやらしげな眸で晄の肌を眺め回した。そしてパスポートをぽんと放り捨てると、改めて手を伸ばしてくる。

どんなに身を捩《ねじ》ろうとしても、両腕と足の一方を括りつけられていては、たいした抵抗にはならない。アスーラの掌が肌を撫でていくに連れ、暁の肌が敏感に震えた。

素肌にアスーラのカフィーアが触れる。屈《かが》み込んだアスーラが、耳の下に唇を押し当てたせいだ。つきっと痛んだのは、歯を立てられたからだろう。そのあと生暖かいものがじっとりとそのあたりを舐めていく。

「お、男の身体をよく舐められるな…っ」

嘲ってやろうとしたのに語尾が上擦ったのは、耳朶《じだ》を囓られたせいだ。

気持ち悪いはずだと、暁は自分に言い聞かせる。相手は男で、舐められ囓られるたびにぞくぞくするのは、ただの悪寒《おかん》なのだと。しかし、さっきと同じように胸の突起を指で刺激されると、悪寒とは言いきれないものが背筋を走っていく。

指先できゅっと引っ張られると、痛痒《いたがゆ》い刺激が、なぜか腰の方に伝わってじんわりとそこが頭を擡《もた》げようとする。

そんなばかな。

「やめ……、っ……」

突起の先にいきなり爪を立てられて、痛みに息を呑んだ。がすぐにそれはあいまいな痺《しび》れに変わり、優しくさすられると、物足りなくてもう一度その痛みが欲しくなる。

どういうことだ。

混乱しながらも、何度も胸を弄《いじ》られると、それが快感であると認めるしかなくなってきた。身体の一番正直な部分が反応しているのだ。隠したくても、腰を覆うのは下着だけで、下から緩く勃《た》ち上がってくるものの存在を、アスーラも気がついている。

情けなくて、晄はきつく唇を噛んだ。

「感じたようだな」

面白がって容赦なく指摘するアスーラから、晄は顔を背《そむ》けた。自分でもどうしてこれを快感と捉えているのか理解できない。だが、指の次に小さな突起をねっとりと舐められ、吸いつかれ、さらに歯の間でソフトにすり潰《つぶ》されると、堪えようとしても自然に腰が迫《せ》り上がっていく。膨《ふく》らんできたそこを、アスーラの腿に擦りつけて、さらなる快感を貪《むさぼ》ろうとして。

「そろそろ見せてもらおうか」

アスーラが尖らせた乳首から顔を上げ、濡れた唇を自分の舌でぺろりと舐める、その淫《いん》靡《び》な仕草に、腹の奥が炙《あぶ》られたように熱くなった。彼は腰のジャンビーアを抜くと、思わせぶりに晄の腰に押しつけた。刃を横向きにしているので、肌に傷はつかず、鋭利《えいり》な刃物で下着だけが左右に切り裂かれていく。

「なんだ、髪は染めていたのか。日本人にしてはおかしな色だと思った」

刃先ではらりと布を押し退けてから、アスーラがにやにや笑った。赤褐色の髪の毛にそぐわない色合いの陰毛を、さらに刃先で弄ぶ。数本が鋭利な刃で断ち切られて、ぱらぱらと散らばった。

急所の近くで刃を使われて、眺は冷や汗を掻きながら息を詰めた。そのまま滑《すべ》らされれば、大事な部分が傷つく。緊張で、全裸を晒《さら》しているという羞恥《しゅうち》を感じている暇《ひま》もない。命は保証しようとの言葉を、眺は微塵《みじん》も信じてはいなかった。助かるためには自分でなんとかしなくてはならない。

「これはなんだ、え？　眺」

名前を呼びながら、頭を擡《もた》げている性器のことをわざわざ指摘したのは、眺をいたぶろうとしているのだ。冷たい刃先で持ち上げられても、その部分は嬉しそうにびくりと震えただけで、さらに硬度を増している。

「あまり使っていないのか。綺麗な色をしているじゃないか」

しげしげと眺めたあげくにそんな感想を言われて、眺は反応を示すまいと歯を食い縛った。

「なんともう先走りが滲んでいる。困ったもんだな」

俺の服を汚されては困る、と言いながらバスローブの切れ端を先端に被せて、根本で軽く結《ゆ》わえる。その刺激にも声を上げそうになって、晄は思わず悔し涙を浮かべていた。どうして自分がこんなはめに陥《おちい》ったのかと、ぎりぎりと歯噛みをする。屈辱に震えるその表情が、アスーラの嗜虐心《しぎやくしん》をいたく刺激しているとも知らず。

あらためて覆い被さったアスーラが、自在に晄の肌にキスを落としていく。すでにピンと尖って自己主張している乳首のあたりは念入りに、そして脇腹や臍《へそ》の周りも執拗《しつよう》に舐め回した。

「うっ……、く…」

声を押し殺そうと懸命に堪えるのだが、どうかした弾《はず》みに、苦鳴が漏れてしまう。それはアスーラには快感を示すバロメーターのように聞こえるらしく、晄が噛み殺しきれない喉声を漏らしたところは、とくに念入りに愛撫《あいぶ》を繰り返す。

「……うう」

布を被せられた部分が、先走りでじっとりと湿っていくのが自分でもわかった。情けないといくら己を窘《たしな》めても、与えられる愛撫は皮膚を敏感にし、次第に射精への欲求を高めていく。

「カメラは?」

思い出したように問われても、今この状態で口を開くなんてとんでもない。出るのはきっと喘ぎ声だけだ。アスーラもわかっているのだろう。別に晄の返事を待つようすもなく、じわじわと愛撫の手を下半身に伸ばしていった。

「俺が男のものを触るときがくるとはな」

自分でも感心したように言いながら、アスーラは布でくるまれた部分に手を滑らせた。

「……っあ！」

布ごとその部分をぎゅっと握り締められたときは、さすがに声が出た。あからさまなそれに、アスーラがにやりと笑う。

「やはり、ここがいいようだな」

嬲《なぶ》るように何度か扱《しご》いてから、もう一方の指で後ろの袋、そしてさらにその奥にきつく窄《すぼ》まっている蕾《つぼみ》を突つきにきた。

「やめろ！」

さすがに我慢しきれなくて、晄は自由だったもう一方の足をばたつかせた。必死に足掻いたとき、偶然にも膝がアスーラの横腹を痛打した。

「ざまあみろ」

うっと呻いて横腹を押さえたアスーラに思わず歓声を上げると、殺気を滲ませた眸で睨まれた。振り上げられた手で容赦なく頬を張られ、がくんと顎が上がる。唇の端が切れたようで、ぴりっとした痛みが走った。

「手加減してやって、これか」

アスーラは半身を起こし、腰につけていたもの入れから小さな棒状のものを取り出した。

「乳香《にゅうこう》の原木だ。怪我をしたときにこれを削《けず》って患部《かんぶ》に貼《は》りつけると痛みが和らぐ。だが別の使い方もあってな」

唇の端を嘲笑で歪《ゆが》めて、暁の腰をぐいと持ち上げた。

「ぁ、何をする……」

アスーラは、あられもなく開かせた足のつけ根、慎《つつ》ましやかに閉じた腰の奥の蕾に、親指より少し太いその原木を押し当てた。

「おい、よせっ。やめ、やめろ！　いやぁーっ」

そのまま塊《かたまり》を突っ込まれて、暁は突然の激痛に息を引きつらせて絶叫した。メリッと音がしそうなほど無理やりに狭い口を広げられて、固い異物が侵入してくる。激しい痛みに、腰を捩らせて身悶えた。両手と足を括られた身体は、動くこともままならない。それでも縛められた部分に鮮血が滲むほど身体を反らせ、懸命に足掻く。

アスーラは、暁の悲痛な叫びも聞こえぬふりで、容赦なく狭いそこに異物を押し込んでいった。入り口が傷ついて出血したらしい。急にスムーズに異物が入り出したのは、滲み出た血液が潤滑剤の代わりになったのだろう。

「いたい……、いた…っ」

暁は髪の毛を振り乱し、譫言《うわごと》のように繰り返していた。手首を縛めて伸びている紐を、まるで命綱のように握り締める。鈍痛が腰から全身に広がり、ずきんずきんと走る痛みは、どこから発しているのかわからないほどだ。

そのものが完全に中に収まったのを確認して手を引いたアスーラは、激痛に顔を歪める暁を見下ろして眉を顰めた。

「俺を怒らせるおまえが悪い」

呟いて、縛った手首や足首の擦り傷がひどくなっているのに気がつくと、さらにむっとしたように唇を歪める。

「最初におとなしく白状していれば……」

だが痛みでしなやかな身体をくねらせ、眉をぎゅっと寄せて激痛を堪えている表情には暗い欲望を誘う艶めかしさがあったのだ。アスーラは思わず生唾を呑み込んだ自分を嫌悪する。

ここまでするつもりはなかった。これほど頑強に抵抗され、強情に拒《こば》まれてつい意地になった。

「そいつは、媚薬《びやく》の変わりに使われたりもするんだ。今は痛いだろうが、すぐに……」

聞こえてはいないだろうと思いながら、アスーラは激痛に生汗を噴き出させていた暁の額から髪を掻き上げ、言い訳のように呟いていた。

痛みを堪えるためにきつく閉ざした瞼《まぶた》の裏は、真っ赤に染まっていた。痛い、以外何も考えられなくて、今の状況も、アスーラのことも脳裏から消えていた。

痛い……、痛い……。

その痛みに、ある瞬間を境におかしなものが混ざり始めた。

ぴくりと動いたのは、激痛で萎《な》えた暁自身。バスローブの切れ端で覆われた中でしんなりしていたその部分が、むくりと起き上がった。

「……ぁ」

無意識のうちに、唇から甘い響きを滲ませた吐息が漏れる。

痛みを押し退けて身体に広がっていくのは、快感。

なぜだ、と暁の内なる感覚が混乱する。痛い、はずだ。狭い後孔《こうこう》にあんなものを突っ込まれて。なのに、今そこからは、もどかしい痒みと疼きが伝わってくる。内部が自然に収縮を始めた。そして前が、刺激に反応するかのようにゆっくりと勃ち上がっていく。

「や……っ」

敏感に震える昂《たかぶ》りに手を添えられて、また声が出てしまった。緩く擦られると、おかしなことに後孔がきゅっと締まって、中の異物を食い締める。するとまたそこから得も言われぬ快感が走って脳を痺れさせるのだ。

なん…だ、これ。

戸惑ったまま、ゆるゆると昂りを扱かれて、

「あ、あ、あっ」

と続けて声が零《こぼ》れ落ちる。先程まで頑《かたく》なに声を出すまいとした意志が、消えている。激痛が続き、それを堪えるだけで精一杯の間に意地を張り通す気力がなくなったのかもしれない。

前を扱かれながら、後ろに入れられた物を軽く揺すられた。それだけで、晄はあっけなく頂上に追い上げられる。

「ああっ、あ、あぁぁ……っ」

腰を突き出すようにして包まれた布の中に射精しようとして、ぎゅっと根本を摑まれた。

「いやぁ、はな、せ……、はなし……」

艶やかな啼《な》き声を上げて、晄は自由な方の足で必死にシーツを蹴る。

「カメラは?」

上り詰めようとした昂りを手の中に収めたまま、アスーラが問いかける。

「いやだ、はなせ…」

頭の中には白い光が明滅《めいめつ》していて、堰《せ》き止められた快感が脳内を逆流してくる。苦しくて悶えても、戒めは解けない。

「カメラだ、どこにある」

何度も問いかけられて、無意識のうちに何か口走ったようだ。ない、か、知らない。晄にとってはどちらでも同じだったが、相手は忌々《いまいま》しそうに舌打ちしている。が、縛めた指が外れて、待ち望んだ射精に導かれた晄は、自分の快感を追うことで精一杯だった。アスーラの言葉など耳には残っていない。

「うああっ……、ぁぁぁ」

嬌声を上げて爆《は》ぜたその部分は、覆っていた布をぐっしょり濡らした。

「いい顔だ」

アスーラの唇に冷笑が浮かぶ。イったばかりのそこから、濡れた布を引き抜いて、今度は直に弄り始める。刺激に弱いそこは、すぐにまた固くなり始めた。

「やっ、やめ……」

達した直後の敏感なその部分を容赦なく扱かれて、暁はなんとか逃れようと身体を捩る。過ぎる快感は苦痛になる。身体を動かすたびに、後ろに銜《くわ》え込んだ異物が微妙に動き、むず痒さが気持ちよさと一体になって、狂いそうになる。さらに前を刺激されては、ひとたまりもない。

「いやあぁぁぁ……」

さきほどより量の少ない白濁をアスーラの手に吐き出しながら、暁は背を仰け反らせた。続けざまの射精に、胸が激しく上下している。呼吸もままならず苦しさで喘ぐ暁の唇に、アスーラが自分のそれを押し当てた。そのまま強く吸われて、暁は息ができなくて首を振る。

「や、め……、くるし…っ」

辛うじてもぎはなして言いかけたところを、今度は首の後ろを摑まれて逃げられないようにしてから塞《ふさ》がれた。貪るように口づけられる。舌で舐められ、上唇、下唇と、代わる代わる甘噛みされた。

その後で容赦なく侵入してきた舌が、口腔を荒らし回った。舌を探し出されて絡められ、歯列の間に引き込まれる。強弱をつけて甘噛みされているうちに暁は、無意識に自分から舌を動かして、アスーラのそれを探して触れ合わせていた。

どちらのものともわからない唾液が、唇の端から零れて、卑猥《ひわい》な筋をつけながら顎の方へ滴《したた》った。

「ぁ……、ん…っ」

苦しそうにときおり喘ぎ声を漏らしながらも、晄は陶酔《とうすい》の渦《うず》に引き込まれていく。重なっている相手の動きに連れ、素肌に触れている布が擦れて熱を生む。すでに身体のあちこちに灯されていた快感が、次第に寄り集まってより大きなそれに育っていく。

キスが唇を離れて彷徨《さまよ》っていく間に、何度も樹液を吐き出したはずの昂りが、また膨らんできた。物欲しげに先端をひくつかせると、それに誘われたのか熱い手が包み込みにきた。大きな手であやされて、痺れるような渦に巻き込まれる。

奥の異物も、差し込まれた指で揺らされ、それまでとは違う部分の襞《ひだ》に触れては疼く範囲を広げていく。敏感な柔肌が蠢《うごめ》いて、晄はひっきりなしに身悶えながら、あられもない艶声を漏らし続けた。

「いい、あぁ…、そこ、もっと……」

だが、すでに樹液を吐き出すことができない前は、どれほど上り詰めようとしてもイけない。それにも関わらず腰の奥から、そしてアスーラが唇と指で触れるすべてから快感を生み出されて、次第に限界に追い詰められていく。イきたいのにイけない。それはすでに快感ではなく、苦痛の領域だった。

絶え間なく押し寄せる快感を止めてほしくて、悶えれば悶えるほど、全身にさらなる熱の波動が伝わっていく。

せめて、腰の奥から絶え間なくわき出る疼きを止めることができたら。

「あ、も……、なん…とか……」

晄は、アスーラの上衣に額を擦りつけるようにして訴《うった》えた。

「取って……、たの…む、……っ」

自分が誰に懇願しているのか、晄にはわからない。炎のようにじりじりとこの身を焼き尽くす情欲の前では、意地もプライドも保《たも》っていることなどできはしなかった。

「俺に、どうしてほしい……？」

耳元で、掠れた声が誘惑する。してほしいことを言え、と。

「イきたい……、イかせて」

「好きなだけ、イけよ」

哀願《あいがん》したのに突き放されて、晄は潤んだ瞳を見開いた。すぐ側で覗き込んでいた緑の瞳を真っ直ぐに見上げる。

「……イけない。ここ、ここが……」

手を縛められていて、指し示すことができない晄は、重い腰を持ち上げるようにしてアスーラに訴える。

「中……、取って…」

喘ぎすぎて、喉がからからに渇《かわ》いていた。かさかさになった唇を舐めながら、懸命に言葉を紡《つむ》ぐ。腰を突き出したその姿勢がどれほど卑猥でも、晄にはそうするしか方法がなかった。

「取ってやってもいいが、それだけでは疼きは消えないぞ。乳香から分泌するエキスがすでに襞《ひだ》に染み込んでいるはずだから」

言いながら、アスーラが後孔に指を滑り込ませた。押し込められた物の成分のせいで、そこはふっくらと綻《ほころ》んでいた。アスーラは乳香の塊を探し当て、ゆっくりと引き出していく。

「あぁぁ……」

ため息のような艶やかな声が漏れる。晄は無自覚に腰を振りながら中を締めつけた。

綺麗に筋肉のついた男の身体が、どうしてこんなにも艶めかしく見えるのか。汗を滲ませてしっとりとした潤《うる》みを帯びた肌には、ずっと触れていたい心地よさがあった。飽きずに撫で回す間に、思いがけず所有欲を掻き立てられ自分の痕《あと》を刻んだ。

アスーラは、抜き取った乳香の欠片《かけら》を傍《かたわ》らに投げ出して、全身に鬱血《うっけつ》の痕を散りばめた年上の男の身体を苦々しい表情で見下ろした。触れて弄っているだけで、自分の男が猛《たけ》り立つ。快楽で啼かせて白状させるだけのつもりが、自身このままでは収まりがつかなくなっていた。

欲しい。

情けないことに、ひたひたと寄せてくる欲求に、ぎりぎりのところで踏みとどまっている状態だ。カメラがないことも確認した。頑強な抵抗に怒りを煽《あお》られて攻め立てはしたが、今は逆にこっちがやばいことになっている。これ以上、この男と関わるな。目的は果たしたのだ、このまま引き上げろ、とさっきから何度も理性が喚《わめ》いている。だが。

内部の異物を抜き取っても、疼きは消えない。しきりに腰を揺すりながら、晄は呻《うめ》き声を上げていた。手が使えるなら、空洞になってなお痒みを訴える奥に突っ込んでいる。それがどんなに卑猥であろうと、今の生殺しのような状態を我慢するよりはいい。動かせる方の足を摺《す》り合わせ、ひっきりなしに腰を揺らすが、望んだような刺激は到底味わえない。

「どうした、乳香は取ってやったぞ」

声をかけられて、晄は虚《うつ》ろな眸をその方に向けた。

「足りない…苦しい、……欲しい」

譫言のように訴える。身体中を犯す際限のない疼きに、もう何を口走っているのか自分ではわからないのだろう。

「どうしてほしいのだ」

「おね…がい、挿《い》れて、……擦って。イきたい…」

「ここか」

指が入ってくる。晄はもっと奥に届かせようと、自由な方の足を自分から大きく開いた。

「あぁ……」

指でぐるりと撫でられて、心地よさに声が出た。

「…もっと……」

すぐに足らなくなって、もっと突いてくれと訴える。

指は一気に三本に増えた。てんでに蠢く指に犯されながら、晄はまだ足りないと訴える。内部の襞全部が、触れてくれとざわめいている。

「淫乱だな」

貶《おとし》めた言葉が、微かに警鐘となって脳に届いた。だが、どうすればいいのだろう。抗《あらが》う術はなく、身体中が快楽に啼いているこの状態で。つかの間理性が浮上しかけたが、腰の奥のツボを突かれ、押し寄せる悦楽の波に呑まれて消えていった。

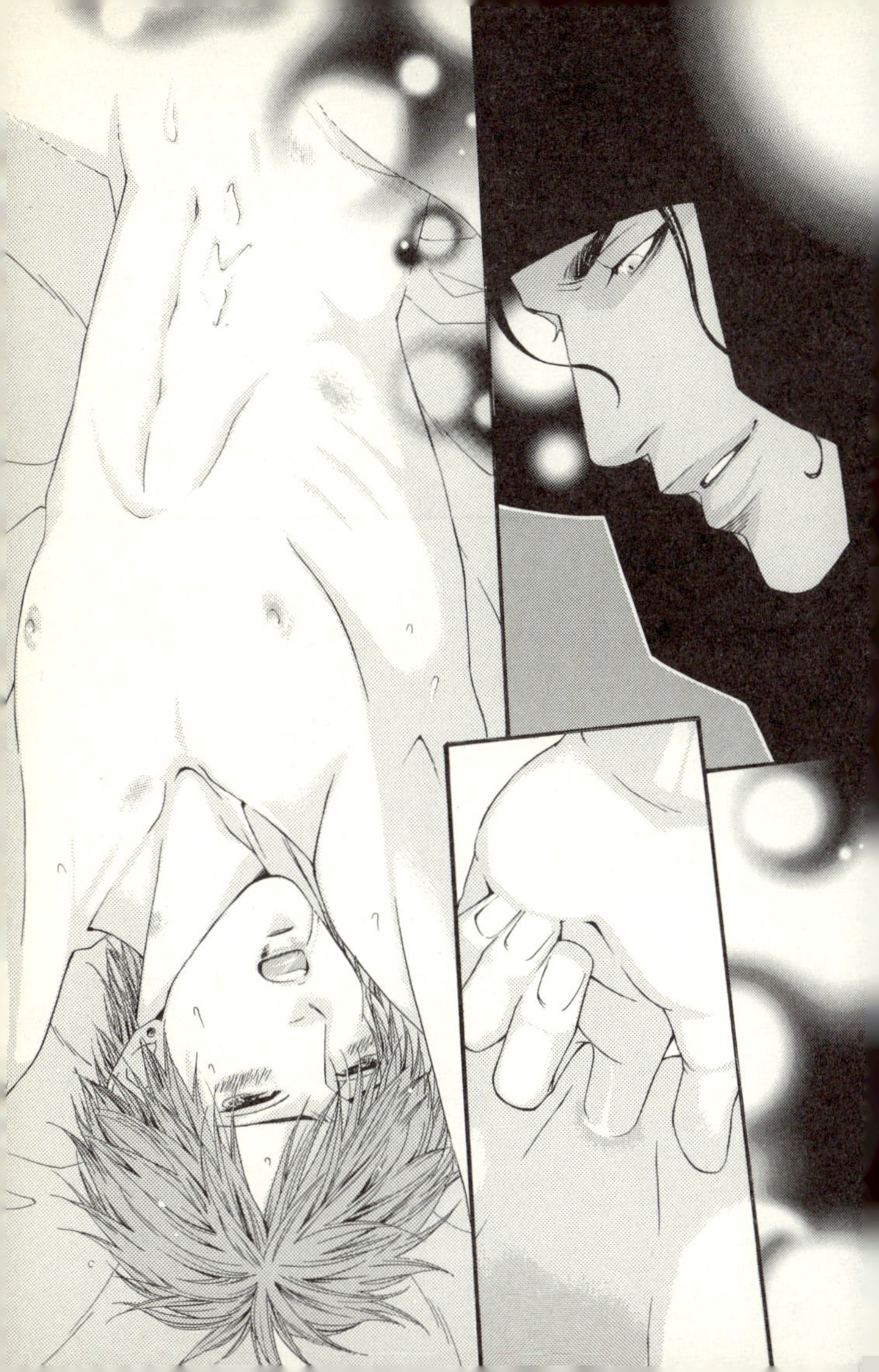

「ぁ……、あぁ」

差し込まれた指を懸命に締めつける。抜かせまいと入り口を引き絞るのに、指は無情にも引き抜かれてしまった。

「いや……っ、やぁぁ」

掠れた声で抗議し、欲情して濡れた瞳で、男を誘う。

「……欲しい、挿れて…」

「くそっ」

舌打ちと共にいきなり腰が持ち上げられ、猛った塊が突き込まれた。容赦なく狭い道を押し進むそれは、指とは比べ物にならない質量を持っていた。晄は息を詰らせ、内臓ごと押し上げられる苦しさに、頭を仰け反らせた。

「うう……っ、く…っ」

一度異物で傷ついた部分が、ずきずきと痛みを訴えてくる。硬い肉棒は、狭い筒の中を割り開き、やがて最奥まで辿《たど》り着いた。ぎちぎちに埋め込まれた内部は、軋《きし》みながらそれに馴染《なじ》んでいき、そして苦しそうに喘いでいた声が、ある瞬間を境に、艶やかな嬌声に代わった。

「うっ…、あ……、あ、あぁ……あ」

突き込まれた塊が、ずるずると引いていき、すぐまた勢いよく戻ってくる。反復されるたびに動きは速くなり、それから生まれる愉悦の波が暁を包み込んでいく。中をぐちゃぐちゃに掻き回され、暁自身はその揺さぶりに翻弄《ほんろう》されながらも、内部を収縮して塊を絞りあげる。

拘束《こうそく》されて不自由な身体が、それでもよりいっそうの快感を貪ろうと動いていた。腰が突き込まれるリズムに添って、自然に揺らめく。足りなかったすべてが充足され、暁は恍《こう》惚《こつ》とした表情で、自分に究極の悦楽を与えてくれる相手を見上げた。

「……っ」

「……いい、そこが……いい」

男が息を呑んだ。暁の腰を摑んでいた指にぎゅっと力が入り、後孔を犯す動きはさらに速くなった。すでに何度も達して、イけなくなっていたはずの昂りが、ぶるりと震えた。

「イくっ、イ……く！　あああぁ……っ」

腰の奥からマグマのような射精感が噴き上げてきた。撓っていた昂りからは、しるし程度の白濁が滲む。しかし、全身を包み込み遥かな高みに押し上げたのは、翻弄された後孔から爆発的に広がってきた快感の連鎖だった。達して感じるそれを遥かに凌駕《りょうが》する悦楽の頂点から、天空へ放り出される。長く尾を引く恍惚の声と共に、暁は全身を痙攣《けいれん》させて仰け反った。

やがてがくりと腰が落ち、身体から力が抜けていく。

ぼんやりと見開いた眸に、殺風景な天井が映っていた。気を飛ばしたまま、まだ外界を意識するに至っていない。眸に映るものが認識できていないし、耳元で話しかけられてもただの音の羅列《られつ》で終わっている。ゆったりとした心地よさに浸《ひた》りきったまま、意識はふわふわと漂っていた。

どれくらい経ってからか、誰かが自分の身体を拭いていると気がついた。足のつけ根を拭われて、危うい感覚が這《は》い上がってきたが、ほどよい温もりの布はすぐにそこを離れ、脇腹へと移動していく。あとに残るさらりとした感触が気持ちいい。

なんとか視線だけを動かすと、黒い布が目の前でひらひらと動いている。反射的に捕まえようと手を伸ばしかけて、錘《おもり》をつけられたかのように重い腕は、すぐにぱたりとベッドに落ちてしまう。

動かせる？

それがおかしいとなぜ感じるのか。

徐々に自分が置かれた状況に思い至る。

そうだ、両手を拘束されていたはず。

のろのろと目の前に掲げた手首は、きちんと布が巻かれ手当がされていた。

近くで水音がして、今度はそちらに意識が逸れる。

視線を向けると、黒いカフィーアを被った男と正面から眸が合った。宝石のように綺麗な緑の眸だった。

「……ぁ」

話しかけようとして口を開いたが、声が掠れて、言葉にならなかった。

「さすがに声は出ないか」

男がくすりと笑う。

「喘ぎまくっていたからな。壮絶に色っぽい顔だったぜ。我慢できないほど欲情したのは初めてだ、しかも男相手に」

今でも信じられない、と男は首を振りながら、温かな湯で絞った布でさらに晄の身体を拭っていく。

色っぽい？　欲情？

突然すべての記憶が戻ってきて、晄はかっと眸を見開いた。

自分は、この男と！　こんなふたつも年下の男にいいようにされて！

喘いでねだったあさましさが蘇る。

わき起こった怒りが、なけなしの力を奮い起こさせた。パシンと、男の手を払い除ける。脱力しきっていた身体をもがいて、上半身を起こす。後ろに突いた肘がぶるぶると震えて今にもかくんと崩れ落ちそうだったが、それでも精一杯の誇りを込めて、自分を陵辱《りょうじょく》した相手を睨みつけた。

「こ、こんなことをして、ただでは済まさないぞ！」

「そうか？」

激昂《げっこう》する暁を、アスーラは静かに見返した。冴え冴えと光を弾く緑の眸は、まるで後悔しているかのように深く沈んでいた。

「なかったことにするのが、一番いいと思うが」

「な、なっ」

言い返そうとして、あまりの怒りで言葉が縺《もつ》れた。これだけのことをされて、黙って引き下がるつもりはない。これまでだって、理不尽なことに眸を瞑《つむ》ったことはないのだ。

「テロリストだと大きな顔をしている『砂漠の黒い風』は、ただの強姦魔だと記事にしてやる。俺は絶対に泣き寝入りはしない！」

怒鳴った暁に、一瞬目を瞠《みは》ったアスーラは、面白そうに顎を撫でながら、怒りを燃え立たせる彼を眺めた。

「いい度胸だな。この状態で、そこまで啖呵《たんか》を切れるとは。俺に逆らって、まだこれ以上いたぶられてもいいのか」

「やる気なら、やればいいだろう。その分も上乗せして暴き立ててやる。俺は真実を書くのが仕事だ」

「ほう。ではおまえ自身が感じまくっていた事実も、ちゃんと書くのだろうな」

「……っ！」

切り返されて、ぐっと詰った。自分の痴態《ちたい》が蘇ると、じわじわと顔に血が上ってくる。

「確か、『挿れて、欲しい、もっと』と言って腰を振っていたな」

「な…っ、それは……」

晄は悔しそうに唇を噛む。忘我《ぼうが》の極みに追い込まれていたとはいえ、自分が言った言葉は、忘れようもない。正気の今なら、絶対にそんなことを口走ったりはしないのだが。

「あれ、は、おまえが妙なものを使って……」

「これか？」

ベッドの端に投げてあったそれを、アスーラは思わせぶりに拾い上げた。

「そうだ、それが俺をおかしくさせて……」

「まあ、確かに媚薬の効果があるのは確かだが、これほど顕著《けんちょ》に表れるとはな。予想外だった。もしかしたら、もともとそっち方面の才能があったんじゃないか」

からかうように言われて、晄はますます怒りで頭を熱くした。

「冗談じゃない！　俺は突っ込まれて喜ぶマゾじゃない」

「自分で、認めたくないだけじゃないか？」

晄の狼狽《ろうばい》を見て取ったアスーラが、嵩《かさ》にかかってからかってくる。脳がふつふつと煮えたぎるような怒りに駆られて、晄は眼光鋭く睨みつけた。

「その俺に突っ込んで、何回もイったヘンタイは誰だったかな。男の尻をありがたがるとは、なにが『砂漠の黒い風』だ。ふたつ名が聞いて呆れる」

低い声で逆襲した晄に、にやついていたアスーラの口元が、ぐっとへの字に歪んだ。一矢《いっし》報《むく》いてやったと、晄はさらに言いつのる。

「元々そういう趣味だったんじゃないか？」

緑の瞳が燃え上がるのを見た。怒りでいっそう輝きを増した瞳でアスーラは晄を睨み据え、手にしていた布を投げつけた。

「よほど痛い目に遭《あ》いたいようだな」

ようやく起こしていた上半身を突かれて、身体が崩れ落ちる。そのまま軽々とひっくり返されて、言いかけて、眸の端にアスーラが弄んでいるものを捉えた途端、ぎくっと言葉を切った。

「お望みのようだから、もう一度これを挿れてやろう」

あの小さな塊に苦しめられた記憶が、さっと脳裏を過《よ》ぎる。延々と続いた快楽の記憶。脳髄まで溶かされてあられもない言葉を口走り、「お願い」と敵の慈悲《じひ》を請《こ》うた。

学習能力のない自分にうんざりする。挑発に挑発を返して、痛い目を見たばかりだというのに。だが、どうしても言い返してしまうのだ。もともと負けん気が強くて向こう見ずと言われる自分だが、これほど反発心を刺激される相手は、初めてだった。

俯《うつぶ》せにされた姿勢から、シーツを掻くようにして這い上がろうとするのを、後ろからぐいと腰を摑まれて挫折《ざせつ》する。容赦なく開かれた後孔に、それが押し込まれた。

「やめ……っ」

「……っ。なに、を…」

ぴりっとした痛みが走ったが、最初のときのように悲鳴を上げるほどの激痛はない。どうやら生身の太い幹《みき》で長々と揺さぶられていたせいで、その部分がもとの狭さまで窄まりきれていなかったらしい。同時に何か軟膏《なんこう》のような物で手当てされていることも、受け入れたときの感触でわかった。

容赦なくいたぶるかと思えば、傷を与えたことを悔やむかのような態度を見せる。どちらがアスーラの真意なのか、思わず惑ってしまう。

異物はスムーズに奥に押しやられ、十分に押し込んだと判断したアスーラは、抱え上げていた腰を乱暴に落とした。

「……っ、うぅ」

「まだ効き目は残っているはずだから、すぐに効いてくるぞ。楽しみだな、取ってくれと俺に哀願するまで、どれくらい我慢できるか」

「誰が、するかっ」

脱力したまま、眺は横向きになってアスーラを睨んだ。絶対そんなことはしないと心に決める。不本意だが、どろどろになるまで感じまくったあとだ。たとえ媚薬効果がどれほどであろうと、さっきのような感じ方がもう一度できるとは思えない。それほど今の身体の感覚は鈍くなっている。

しかし、ざわっと鳥肌が立ったのは、それからすぐだった。中の襞が押し込まれた異物を勝手に締めつけたり緩んだりし始め、そのたびに、悪寒にも似た震えが走り抜ける。声が漏れそうになって、ぐっと歯を食いしばった。

完全に空になって勃つはずのないその部分が、僅かに反応している。

信じられない。これが薬の効果なのか。

「もうここが尖っているぞ」

指で胸の先端を弾かれる。

「…ぁ」

出すつもりのなかった濡れた声が零れて、晄を狼狽させる。もう一度唇を噛み締め直した。

「こっちもだ」

悦に入ったようににやつきながら、アスーラはもう一方の乳首にも指を伸ばす。両方を揉み潰されて、自然に背中が湾曲し、胸を突き出す体勢になった。

「おねだりか？　口ほどにもないやつだな」

指摘されて、両手でアスーラの腕を払い、胸を覆う。

「こっちも物欲しそうに……」

振り払われたことなど鼻で笑い捨てて、アスーラは今度は晄の股間に手を滑らせた。足の間で、しんなりしていた雄が、触れられたことを喜んで、けなげに勃ち上がり始めた。

「よせ…」

「よせと言われたから、手を引くか」

何を考えているのか、アスーラは素直に手を引っ込めて腕組みすると、側に椅子を引き寄せてどっかりと腰を下ろした。

「どこまで耐えられるか、見物《みもの》だな」

そのままじっくりと視姦されて、晄は意地でも身体を隠すような真似はすまいと平静を装う。

しかし、中からじわじわと広がってくる痒みを伴った疼きは、感じやすい部分を刺激しながら全身に広がっていく。尖った胸を触りたくて、熱を孕《はら》んだ股間を思い切り擦り上げたくて、何度も手が動きかける。そのたびにぎりぎりと歯を食いしばって堪える。

「……ぅ、ふぅ……っ」

だが一番ひどいのは、異物に呻吟《しんぎん》する内部の方だった。敏感な襞が、先程の快楽の記憶を蘇らせては異物にまとわりつき、そこから分泌されるエキスを舐め取ろうと締めつける。だがそれだけでは、脳を痺れさすような快感は訪れない。曖昧で物足りない疼きばかりが増大していく。

「……は、ぁ…、ん」

あさましく開閉する蕾の入り口は、淫らなさまを示すことで、突き入れて掻き回してくれるものを誘っている。

「中は真っ赤なんだな」

わざわざ覗き込むようにして指摘されて、晄はぎこちなく身体を動かした。その、シーツに触れる感触さえもが堪らない。

「うぅ……」

いっせいに肌がざわめき、危うく喚き出すところだった。手がじりじりと下に向かっていく。意志で止めようとしても、止まるのはその一瞬だけ。全身に汗を噴き出させながら、晄は絶望的な負け戦《いくさ》を戦っていた。

もうすぐ一方の手が、切なく昂っているそこに届く。触れれば擦り上げずにはいられないだろう。もう一方の手は、悲鳴を上げたくなるくらいに疼いている蕾に向かっている。届きさえすれば、指を突っ込んでぐちゃぐちゃに掻き回したいという切実な欲求を無視できない。

「……、…うっ」

脳の中でどくどくと脈打っている衝動は、どうしようもない欲求にまで高まっている。たとえアスーラの目の前であろうと、あられもない声を上げ、淫らにのたうって自分を慰める惨めな姿を晒してしまうのだ。

指が、届いた。触れたその一瞬で快感の火花が散った。思わず撓る肉棒を握り締める。

「あぁっ」

閃光のように広がっていく快感の波に呑まれて、かっと脳内が焼けついた。そのまま矢も楯《たて》もたまらず擦り上げる。淫らに広げた足の奥に行き着いた方の指は、躊躇することもなく狭い隘路《あいろ》に突き進んだ。奥にあった異物に指が届き、捕まえようと滑る表面をいたずらに引っ掻いているうちに、愉悦の波はますます波動を広げ切なく声を上げて仰け反った。

「あぁぁ……っ」

首を振って髪を乱しながら、前後で懸命に手を動かして自らを慰《なぐさ》めていく。

朦朧《もうろう》とした意識の中で、座っていたアスーラが立ち上がる気配を感じた。まだいたのか、と自分の切羽詰まった欲求に振り回されていた晄は愕然とする。足を広げあられもない姿を晒している自分。見られているとわかっても手は止まらず、休みなく三本の指で擦り立てているあさましさが、身に応える。しかしつかの間感じた羞恥も、絶えず襲ってくる快感の渦の中に巻き込まれて、すぐに遥か彼方に消えていった。

腰の奥を、欲求に駆られるまま掻き回していた指が、乱暴に引き抜かれた。

「あ、やぁ……っ」

気持ちよくしてくれるものを取り上げられて、晄が甘い声で抗議する。それにはかまわず、熟《う》れきって爛《ただ》れたようになっているその部分に素早く差し入れられた指が、悦楽を紡ぎ出すもとをぐいと引き抜いた。

「……すまなかった。これで、少しすれば落ち着くはずだ。こんな、ここまで貶めるつもりはなかったんだ……」

小さな呟きは、本当にアスーラのものだったのか。

「忘れろ」

最後のひと言を残して、アスーラの気配が消えた。

食い締めるモノをなくして、いたずらに収縮を繰り返していた中の襞は、待っていても何も与えられないと知って、やがてゆっくりと常の状態に戻っていった。いきり立っていた前も、後ろからの刺激が途絶えると、イきたい、擦りたい、という欲求が消えていく。

激しく高鳴っていた鼓動と、忙しい息づかいはしばらく続いていたが、それも少しずつ収まってきた。

疲れ切った両腕で瞼を覆い、眦は込み上げてきた嗚咽《おえつ》を呑み込んだ。

「くそっ。誰が……、こんなことくらいでっ」

悔しい！

欲望に屈して、最低の姿を晒してしまった。

『忘れろ』

だが、身体の隅々まで、鮮烈に刻印を刻みつけていった侵入者を、いったいどうやって記憶から消せばいいのだろう。自分だって、できることなら、なかったことにしてしまいたい。男に陵辱されて、それなのに最後には自分から腰を振って求めたなど。

晄は俯せになって枕に顔を埋めた。

『貶めるつもりはなかった』

だが、自分はあの緑の瞳に貶められたのだ。完膚《かんぷ》なきまでに。

いいようにあしらわれて、なにが、忘れろ、だ。

「殺してやりたい…」。

ぎりっと歯嚙みをして、晄はきつく眸を瞑る。

「あんな、最低なやつ。俺が味わった屈辱を、あの男にも味わわせたい。助けてくれと、哀願させてやりたい」

這い蹲《つくば》るあの男を見れば、この悔しさも少しは薄らぐだろうか。

忘れろ？　冗談じゃない。二度と逢うことはなくても、この身に受けた屈辱のことは決して忘れない。

共和国になる前のディルハンは、石油と宝石の産出で有名で、政治的には中庸《ちゅうよう》を是とする比較的穏やかな国だった。この国特産の貴石、昼夜で色の変わるアレキサンドライトは、世界最高峰との折り紙がつけられ、ヨーロッパの王侯貴族の冠を飾っている。そのアレキサンドライトの産出は、クーデター後ぴたりと止まっていた。

伯父に招待されてディルハンを訪れた暁が、その理由を聞いたのはほんの偶然だった。温かく迎えられた屋敷内で、母の遺品を渡し、思い出を語り、父や兄弟達の写真を見せた。ハーレムに住んでいた伯母や、母の姉妹達にも面会でき、帰国しても連絡は絶やさないようにと懇願された。もともと身内を大切にする、結束が固い一族だったらしい。

その合間に、伯父の配慮で首都やその近郊を取材する許可を得て、生々しい戦闘の跡が色濃く残っている市街地に胸を痛めた。クーデターはディルハン全土を巻き込んだ激しい戦いだったので、復興も容易ではないらしい。しかも根強い王党派がいまだに各地で頑強な抵抗を続けており、治安が落ち着くのはかなり先のことになりそうだ。

「記事を書くときは、そのあたりの配慮をしてほしい」

取材の許可を得てくれた伯父が出した条件だった。あまり反政府的にならぬように、ということらしい。そう言われて、暁はふと尋ねてみる気になった。

「伯父さんは、クーデターをどう思われているのですか？」

もちろん政府の役人である伯父が、公式にクーデターを非難することはできないだろうが、内輪の話として聞きたいと言うと、伯父はひどく困惑した表情を見せた。長い間が空き、ようやく口を開いた伯父は、

「クーデターがなければ、わたしがこんな地位に上ることはなかっただろう。主要なポストは王族が独占していたからね。ただ、今の体制を望んでいたかと聞かれると、なんとも言えないな」

あの頃は身分制度はあったが、自由もあった。

ぽつりと言われた言葉は、ひどく重々しく響いた。かなり厳しい言論統制が敷かれていることをまざまざと教えられる。伯父の今の言葉が漏れれば、その身も危うくなるのだと。

夕食後の団らんでの会話には相応《ふさわ》しくないと、晄は以後その話題には触れないように心がけた。ジャーナリストとして自分が巡ってきた各国の話を、楽しいエピソードつきで話して、場を盛り上げるようにしたのだ。

「そういえば、スークで取材したとき、宝石店の主人が零していましたよ。観光客に売るアレキサンドライトの端石がなくて困っている、いい加減に制限を解除して市場に出回るようにしてもらいたいものだと」

石油省にいる伯父さんの守備範囲外ではあるのでしょうけれどね、と冗談のように言っ

たら、伯父は手にしていた小さなデミタスカップを置いて、指を組んだ。

「晄、君は目のつけ所がさすがに鋭い。まさにジャーナリストだね。どうして我が国の弱点をこうも見抜いてしまうのか」

そして話してくれたのが、鉱山の場所がわからなくなっている、というミステリーだった。

最高級の石が産出されていたアレキサンドライト鉱山は、広大な王家の所有地の一角にあり、その場所は代々秘匿《ひとく》されていたのだ。そしてクーデターで共和国が誕生すると、秘密を知るものは処刑されるか地に潜《もぐ》り、気がつけば大事な鉱山がどこにあるのか探す手がかりすら失われていたというわけだ。

「昼と夜とで色の変わるアレキサンドライトは、王侯貴族だけでなく世界中の好事家《こうずか》達に珍重されている。早く鉱山の再開をとかなりの圧力がかかっているのだが、肝心の場所がわからないではね」

どうしようもない、と伯父は大げさに肩を竦めて見せた。

「そのための調査隊が、何組も砂漠をうろうろしている。鉱山が見つかれば、我が国は経済的にかなり潤うことになるから、政府も懸命に督励《とくれい》しているのだが、いまだに発見されるに至っていない」

その宝探しに、晄は心惹かれた。自然なままの砂漠を見たいという気持ちもあって、同行したいと申し出ると、しばらくして許可が下りた。伯父の尽力に頭を下げて、晄は調査隊のひとつに参加することになった。


「食事にしよう」

マイクから隊長の声が響いて、連なった四台の車が一斉に停止した。一面砂だらけのここには日陰などというありがたいものはない。車と車の間に簡単なシートを張って、僅かな影を作る。その中に座って水分を補給し、割り当てられた食料を受け取る。

晄は炎熱の地獄を作り出している太陽を、うんざりした眸で見上げた。

砂漠地帯の気温は、ときには五十度を超えることもあると聞いたが、実際にその地を走って改めてその厳しさを実感した。十分な水分と休息を取りながらでないと、身体が参ってしまう。それは、交通網が発達する前、駱駝《らくだ》で砂の道を行き来していたころと、少しも変わらない現実だ。

「暑いでしょう、同行したのを後悔しているのではありませんか?」

砂の大地を見遥かしていた暁に、年配の隊長が丁寧《ていねい》に話しかけてきた。

この調査隊の中での暁の地位は、取材込みのゲストである。石油省のナンバーツーの伯父が後ろについていることもあって、誰からも丁寧な対応をされている。

「確かに。なんで来たんだって自分を殴りたくなることもありますが、後悔はしていませんよ。噂に聞いていた砂漠の夜明けや日没は、本当に素晴らしい眺めだったし、皆さんによくしてもらいましたからね」

暁が笑いながら応じた。砂漠に入るときに忠告されて、この地域の民族衣装に身を包んでいる。ゆったりした白い服は、この地の気候にあった合理的な衣装であることが、着てみて初めてわかった。そしてまた、彫りの深い暁の顔立ちは、そういう衣装を着ると、ディルハンの人々からそんなに浮き上がらないで済む。

クーデター以降、ディルハンの人々の、外国人に向ける視線はどこか排他的なので、目立たなくて済むのは助かった。ただ肌の白さだけは、隠しようがなかった。日本ではどちらかというと色は濃い方だと言われていたから、自分の肌が白いとは、暁自身はこれまで思ったこともなかった。なのに調査隊の人間と比べると、違いは歴然としている。仕方なくあまり顔を晒さないように気を使った。

「次のオアシスで、お別れすることになりますね」

この調査隊は、そこから引き返すことになっており、別の場所に進みたい暁は、そこで他の調査隊と落ち合うことになっている。

「今度の調査隊は、サラーラとの国境線に沿って進むことになっています」

「楽しみです、と言ってはいけないのか」

つい出てしまった本音に、暁は苦笑いする。

「いいえ、そう言っていただけるとほっとしますよ。厳しい自然環境に嫌気がさしたなどと聞いては、国を愛するわたしの心が傷ついてしまう」

大げさに胸に手を当てて天を仰ぐ隊長の仕草に、暁だけでなく周囲の隊員達からも笑いが起こった。

「それにしても、これまで通ってきた地域すべてが、全部王家の所有だったんでしょ。こんなに国を私物化していたのなら、反感を買うのも仕方ないかもしれませんね」

何気なく言った途端、急に周囲はしんと静まり返った。まずい、と暁が内心で慌てていると、

「共和国になる前は、国土の半分くらいは王家の直轄領《ちょっかつりょう》でしたが、それを是と見るか、否と見るかは、それぞれの立場によって違います。少なくともわたしは、この砂漠の自然が守られたのはそのおかげだったと思っていますよ。観光客に荒らされて、見る影もなく汚

れてしまった砂漠を知っていますからね。最終的にはこの美しい自然は、わたし達国民のものになりましたし」

冗談めかしてつけ加えられた最後の言葉で、固まった空気が解れていった。そしてちらりと目配せされたことで、隊長が、うっかり王家を批判した言い方をしてしまったことへのフォローをしてくれたのだと悟る。共和国になったとは言っても、ディルハンのいまだ複雑な政情は、どちらへの批判も揉め事のたねになりうるのだ。

翌日到着したオアシスは、ただの水場、と言ってもいいくらいのささやかさだった。砂漠の中に忽然《こつぜん》と生えた数本のナツメヤシの木と、まばらに点在する草。オアシスと聞いたから、誰かひとが住んでいる場所だと思っていた晄は、水と僅かな緑しかないそれに唖然とする。

「こうした場所は砂漠に点在しているのですよ。砂嵐でしょっちゅう位置を変えるので、目印にするには要注意なんですが」

隊長が、晄の荷物を下ろすように部下に言いながら話してくれた。

「落ち合う予定の調査隊は、少し遅れているようですが。どうします？　待ちますか？　なんなら我々とまた引き返されてもいいですが」

「待ちます。携帯電話もあるし。何かあったらSOSを出しますよ」

衛星を使うそれは心強い味方だ。隊長は、「そうですか」と頷きながら、念のためにここに向かっているはずの部隊に連絡してくれた。

「どうやら小競り合いに巻き込まれたようです。後始末があるので到着は夕刻になるとのことですが」

太陽はまだ沖天《ちゅうてん》を少し過ぎたばかりだ。小競り合いというのが気になったが、暁は待つ決心を変えなかった。しばらく一緒に過ごした一隊は、名残惜しそうに振り返りながら立ち去っていった。

残していってもらった少しばかりの食料をリュックにしまいながら、暁はナツメヤシの根本に座り込んだ。奇跡のように湧《わ》き出る冷たい水は、太陽の光をきらきらと反射して暁の目を細めさせ、つかの間地上に現れては、周囲の砂に吸い込まれて消えていく。

空は雲一つない晴天、ひときわ大きく見える太陽が、酷暑をもたらしている。日陰と湧き出る水が、かなり暑さを和らげてくれているが、じりじりと照りつける熱気を感じないほどではない。

「暑いなあ」

額の汗を拭ってゆっくりと周囲を見回した。一緒にここまでやってきた調査隊の姿が消えると、あたりはしんと静まり返る。

「静かすぎて、怖いくらいだ」

都会で生まれ育った晄は、耳に痛いほどの静寂というものを初めて味わっていた。全く何の音も聞こえない、静けさ。だがじっとしていると、それは真の静寂ではないとわかる。頬に触れる僅かな風が、砂の表面を撫でる音、さらさら。水が湧き出すときにたてる音、こぽこぽ。

眸を閉じると、密やかな音に全身を包まれる気がした。どこか穏やかで安らぎに満ちて。

「意外に、気持ちいいかも」

幹に凭《もた》れていた姿勢からずるずると地面に横たわると、そのまま心地よい眠りに誘われていく。

『忘れろ』

眠りに落ちる寸前、いつものように声が聞こえた。少し低めの若々しい声。命令し慣れた威圧感を含みながら、なぜか甘く掠れている。

その声が蘇ると、晄の身体は僅かに温度を上げる。そして、

「…忘れるものか」

無意識に奥歯を噛み締めながら呟くのだ。絶対、忘れてなんかやらない。この身が味わった屈辱を晴らせるときまで。

近くで、けたたましい音が響いている。目覚まし時計かと、夢うつつで枕元を探る暁が掴んだのは零れ落ちる砂の塊で、その空虚な感触にはっと目が覚めた。

「思いっきり、熟睡してるし」

我ながら呆れてしまう。砂漠には生物がいないわけではないのだ。毒虫もいるし、蛇ももちろん。それにこういう水場の近くだと、えさを探す肉食獣が引きつけられて寄ってこないとも限らない。そんな中で暢気《のんき》に寝こけていた自分に苦笑が漏れた。

大きく伸びをして、寝ていた間に薄くつもった砂を払い落とし、目覚めさせる元になった音源を求めてリュックを探る。

目覚ましでないなら当然……。

引っ張り出した携帯には夥《おびただ》しい着信履歴が入っていた。先程別れた隊長からの電話と、まだ登録していない見知らぬ番号。取り敢えず隊長の番号にかけ直しながら、あたりがうっすら暗くなっているのに改めて気がついた。

もう夕方だなんて、思った以上に眠っていたのか。風も少し強くなっていて、暁はぶるっと身体を震わせた。日中五十度を超える酷暑の砂漠も、夜になると寒いくらいの気温になる。電話が繋がるのを待ちながら見上げた空は、禍々《まがまが》しい黒に変わりかけていた。

「あ、もしもし？」

『……！　そこ……から、逃げ……！』

繋がった途端に耳元で叫ばれて、晄は携帯を耳から遠ざけた。

「なんだ？　いったい」

『砂……嵐、……そこ、…に』

電波の状態が悪いのか、途切れ途切れの声の切迫した感じに、次第に晄の中でも焦燥感《しょうそうかん》が高まっていく。

「何を言っているんだ」

そのまま切れてしまった携帯に思わず呟いていた。

「砂嵐？」

辛うじて聞き取れた言葉が、ゆっくりと身に染みてくる。

「まさ、か……」

慌てて立ち上がって周囲を見た途端、突然にそれが襲ってきた。斬《き》りつけるような砂混じりの烈風。一瞬で通り過ぎたものの、それがこれから押し寄せる嵐の前兆であることははっきりしていた。見上げる空は、すでに真っ黒な炭を流したような色合いに変化している。

さっきひと吹きした風は、晄の頬にひと筋の傷をつけていった。うっすら滲み出る血の雫を拭いながら、空を睨む。

どうすればいい。

世界中を回っている間には、さまざまな危険に遭遇してきた。テロリスト達のアジトに連行されたこともあるし、戦闘地域のまっただ中を車で走り抜けたこともある。ハリケーンに巻き込まれてあわやという目にもあったし、軽飛行機でジャングルの中へ不時着した経験だってあるのだ。

だが、今のこれは、これまでの中でもっとも死に近づいた瞬間と言えるかもしれない。砂漠の砂嵐がどれほど過酷なものか。猛烈な風に含まれる極小の砂粒が、皮膚を削ぎ、肉を削っていく。写真でしか知らないが、嵐のあとに残された動物達の死骸《しがい》は、一様にすべての肉をそぎ落とされて白骨化していた。

危機感と恐怖で熱くなった頭を、晄はとっさに側の泉の中に浸けた。息が苦しくなるほど押し込んでから、ぷはっと顔を上げる。沸騰《ふっとう》しそうだった頭が少し冷えた。

首を振ってあたりに水滴を弾き飛ばしながら、やれることはすべて試してみようと、リュックを手にする。助かるかどうかは運次第だが。中身をぶちまけて、着られるものはすべて身につけて肌を覆う。リュックの肩ひもを外して木に括りつけ、途中でもう一方の肩ひもを結んで長く延ばしてから、端っこを自分の身体に巻きつけた。リュックを水につけてびしょびしょに濡らして頭に被り、左右に垂れていた残りの紐を、木に繋いだ紐に結ぶ。その状態でそろそろと水の中に身体を沈めた。

かなり厳しい状態だということはわかっていた。水の中でどれほど砂を防げるのか、頭に被ったリュックがどれほど役に立ってくれるのか。

次第に強くなる風に翻弄されながら、妙に冷静に考えていた。これ以上できることはないと見極めたときから、落ち着いてしまった自分がおかしいほどだ。

風が次第に強くなる。その中に含まれた砂が、頭を覆ったリュックに当たってぴしぴしと音を立てる。水に浸かった身体ごとふわりと持ち上げられそうになる。両手で握り締めた紐を命綱に、暁は懸命に踏みとどまった。

水から出されたら終わりだ。いくら服を着込んでいても、たちまちのうちにズダボロにされて、それより柔らかな肌が保つはずがない。できるだけ水の中に頭まで浸かるようにして、息継ぎの時だけ、鼻を浮かせる。

必死で掴んでいる命綱が手から滑りそうになるのを、何度も掴み直した。風はますますひどく吹きつけ、浮き上がりかけるたびに、服ごと身体を切り裂いていく。

ときどきふっと意識が途切れた。砂嵐との戦いに、そろそろ肉体が悲鳴を上げているのだろう。限界か。

何度かそういう瞬間を迎えたあとで、何か塊のようなものが頭を直撃した。懸命に保っていた意識が、その一瞬を境についにブラックアウトする。

意識が途切れる寸前、またあの声が聞こえてきた。

『忘れろ』

それにいつものように、「忘れるもんか」と呟く代わりに、暁は「忘れなかったぞ、ざまあみろ」と返していた。

鮮やかな緑の瞳が脳裏いっぱいに広がり、そして消えた。

「……、……!」

近くで誰かが言い争っている。その声が耳について、深く沈み込んでいた暁の意識を揺り動かした。

「……れて、……」

「なりません。見知らぬ相手を……」

「でも、このままでは……」

「……危険です、…アディリヤ様…」

はっきりと聞こえたひとの名前に、意識がふわっと浮上してくる。

「ア、ディ……ャ…」

縺れる舌で、聞こえた名前を繰り返した。記憶のどこかに引っ掛かる。いつか、何かのおりに聞いた覚えがある。喉元まで込み上げていながらはっきり掴めぬもどかしさに、朦朧としていた意識が次第にクリアになっていく。

「気がついた？」

上から覗き込んできたのは十四、五歳くらいの少年だった。ようやく声変わりしたばかりの、まだ少し高めの声。長い睫毛が、好奇心の強そうな大きな瞳を取り巻いている。

「ばさばさだ……」

何センチあるだろうと妙なことが気にかかって、しげしげ見入ってしまった。

「何？」

手を伸ばして睫毛に触れようとしたものだから、少年が驚いたように飛び下がった。

「無礼者！」

横から鋭い声と共に手を叩き落とされる。

「サルマン、駄目だ。相手は怪我人だよ」

慌てて少年が、そのまま襟首を摑んで引き起こそうとした、筋骨逞《たくま》しい男を止める。身体中の力が抜け落ちていた暁は、されるままに振り回されながら、まだ半分以上はっきりしない頭で、彼らの声を聞いていた。

助かったのか。

いつ果てるともなく続いていた風の音は止んで、ぎらつく太陽が頭上に戻っている。顔のあたりだけ僅かに日陰になっているのは、彼らの乗ってきたらしい駱駝のおかげだ。忌々しそうに摑まれた襟首が放されて、暁は元の位置に頽《くずお》れた。

ようやく自分の置かれた状況に意識が向く。身体の半分は砂の中に埋もれていて、倒れたナツメヤシの残骸と、その根元に結びつけられた命綱が辛うじて見えた。こんこんと湧き出していた泉は跡形もない。

「砂……嵐、が……」

口の中に入り込んだ砂がじゃりじゃりして気持ち悪い。それを押して、なんとか自分の状況を伝えようと口を開いた。

「ああ、巻き込まれたんだね。ここの湧き水が消えていたからそうじゃないかと。でもこんな、なんにもないところで、よく助かったね」

少年が頷きながら、しきりに感心していた。

「アディリヤ様」

窘めるように声をかけられて、少年がちらりと男を見る。まるで黙れと言わんばかりに、一瞬だけきつく眇められた眸は、彼らの立場を如実に表していた。歳の差はかなりありそうだが、従う者と、従わせる者。年齢とは関係なく、まだあどけなさを残す少年の中に、犯しがたい威厳のようなものが潜んでいる。

「彼を連れて行くよ。ここに置き去りにしたら死んでしまう」

きっぱり言いはなった少年に、相手は何か言いたそうに口を開きかけたが、

「仰せのままに」

と恭しく頭を下げて引き下がった。そのようすでも彼らの力関係がわかる。

偶然通りかかったのは、少年を中心とする五人ばかりの一隊で、砂嵐をうまく避けたあと村へ帰る途中だという。

駱駝に乗せられて、その揺れのあまりのひどさに、船酔いに似た症状を起こしていた暁は、乗り慣れた少年がいろいろ話しかけても、ろくに返事もできなかった。砂嵐と戦って体力を使い果たしたうえにひどい吐き気に襲われていた暁の顔は土気色で、覗き込んできた少年に同情されてしまった。

「駱駝の歩行は独特だから、慣れないと酔っちゃうんだよね。もう少しだから我慢して」

辛うじて頷いた暁に、少年が柔らかく微笑んだ。

「村に着いたらゆっくりできるから」

その村は、周囲を小高い岩山に囲まれ、真ん中に豊かな水源を抱え込んで成り立っていた。さらさらした砂が、小石の混じる荒れ地に代わり、両側から迫ってくる崖《がけ》の真下の狭い道をくぐり抜けたところにある。暁が砂嵐に襲われた場所より、かなり大きなオアシスだ。

いつからその地にひとが住み着いたかはわからないが、外敵からは守りやすい地形には違いない。敵は狭い通路を通って攻めるしかないし、そこさえ堅守《けんしゅ》すれば、侵入者を寄せつけない。水が十分に湧き出しているせいで、緑地もかなりあり、そのほとんどが畑になっていた。家は日干し煉瓦《れんが》でできていて、小さな出窓しかなく、全体が白く塗《ぬ》られているのは、日差しを少しでも防ごうとの知恵が働いているのだろうか。

人家が途切れると、岩のごろごろ転がる傾斜地が続いている。ようやく岩山を登り切った向こうは、また砂漠が続いているのだそうだ。

「本当に助かったよ」

身体のあちこちにできていた打撲や切り傷を、手当をしてもらい、提供されたベッドに横たわった暁は、改めて少年に礼を言った。

「アフワン」

ずっとついていてくれた少年にアラビア語で、どういたしまして、とにっこり返されると、本当に助かったんだと改めて実感が込み上げた。少年の決断に、他の連中が不満そうにしていたのを見ているから、その感激もひとしおだ。出迎えた村人も、よそ者が混じっているとわかった途端、不穏な雰囲気に変わったから、少年がいなかったら暁の運命はどう変わっていたか。

「少しは話せそう?」

傍らに腰掛けた少年が、気を使いながら暁の素性を尋ねてくる。

「佐久間暁、日本から来た。ジャーナリストなんだ」

所持品はあの砂嵐で失われてしまった。身元を証明するものは今は何もない。言葉だけで信じてもらえるか不安だったけれど、日本人と言った途端に、少年の顔がぱっと輝いた。

「僕ハ、アディリヤデス。親シイヒトニハ、ディリト呼バレテイマス」

たどたどしい日本語がその口から飛び出して、驚いたのは暁の方だった。

「日本語、しゃべれるんだ!　すごい、どうして」

がばっと半身を起こして、久しぶりに母国語を口にすると、たちまち少年の顔が曇ってしまった。

「そんなに早口で言われると、わからない」

「ああ、ごめん」

乗り出さんばかりに興奮した自分に呆れて、パタンとベッドに身体を戻した。

「僕、この間まで、サウディンにある医療キャンプに入院していたんだ。そのときのお医者さんが日本人で、挨拶とか、簡単な日本語を教えてもらった」

「そうだったのか」

NGOの医療キャンプのことは晄も聞いていた。ディルハンからサウディンに戻ったら、日本に帰国する前に取材に行っておきたい場所だった。そこに日本人の医者がいるとまでは知らなかったが。

「ん？　でも元気そうに見えるけれど、病気？」

「怪我。ここんとこに爆弾の破片が入っていて」

ディリは腿のあたりを軽く叩いた。

「神経を圧迫して足が動かなくなっていたんだ。動脈に近いところだったから、危険な手術だと言われた」

爆弾……。こんな少年まで。平和な日本では考えられないことだ。

「あとで他のお医者さんから聞かされた。すごく手際のいい手術だったそうで、そのひとでなければ、成功しなかったかもしれないって。だから日本人って聞くと、なんか嬉しくなって」

習いたての言葉を使ってみたかったと、少年は照れたように微笑んだ。

「そうだったのか。でもよかったな。怪我していたなんて全然わからないし」

小屋の外から、「アディリヤ様」と呼ぶ声がして、ディリは立ち上がった。

「またあとでようすを見に来るよ。少し眠るといい」

窓の小さな小屋は、ドアを閉ざすと薄暗い。眸を閉じると、疲労が全身を覆って、晄はそのまま眠りに落ちていった。

二日ほど寝たり起きたりの生活をしたあとで、なんとか起き上がって動けるようになった。夕方涼しくなったところで小屋を出ると、周囲から好奇の視線が向けられる。小さな村で、女性はアバーヤを着込んでいるが顔は出したままだし、男達は日中はどこか近隣に働きに行っているのかほとんど見かけない。

寝ていた間、身の回りの世話をしてくれたのは、ディリが晄を連れ帰ることを反対したサルマンという男だった。ディリが命じるから仕方なく、というのが態度にありありと出ていて、話しかけてもろくに返事はもらえなかった。伯父と連絡を取る方法を聞きたかったのだが、とりつくしまもなく、せめてディリに会いたいと訴えても、今はいないという返事で、いささか参っていた。

動けるようになって真っ先に確認したかったのは、本当にこの村に通信手段がないのか、ということだ。

しかし小さな村を一周しただけでわかった。ここには電気も来ていない。車も一台しかなくて、交通手段はほとんど駱駝だという。しかも一番近くの街までは、駱駝で一時間以上はかかるらしい。電話があるはずもなかった。

まだ身体がふらふらするのでゆっくりと歩いていると、好奇心に溢《あふ》れた子供達が近寄ってくる。そうした情報はその子達とのおしゃべりで手に入れた。

ディリが暁の元に姿を見せたのは、翌日のことだった。

「起きられるようになったんだって?」

にこにこしながらやってきたディリは、冷めたスープを啜っていた暁に眉を顰めた。側に置かれたパンは干からびて固そうだし、無造作に皿に載せられたラム肉は、冷え切って油が浮いている。

「なんで、こんな食事……」

衝撃を受けたように呟いたディリが、決然とした表情で立ち上がる。

「ごめん。僕の配慮が足らなかった。客にこんな粗末な料理を出すとは」

サルマンを呼び立てようとしたディリを、晄は引き留めた。

「いいんだ。俺は食べられるだけで、ありがたい。これよりもっとひどいものを食べて生き延びたことだってある。冷えちゃいるが十分ご馳走《ちそう》のうちだぜ」

「でも、これは。主《あるじ》である僕の意志を無視している。許せることではない」

「主？」

飛び出てきた言葉にあっけにとられる。

「待ってて。取り替えさせるから」

ディリは、いいからと宥める晄を手で制して、声を上げてサルマンを呼んだ。そしてやってきたサルマンに、晄の食事を下げさせ、ちゃんとしたものを持ってくるように命じた。

がっしりした身体つきのサルマンが、怒りを滲ませるディリにおとなしく頭《こうべ》を垂《た》れている。言葉を荒げるでもなく叱責するディリには犯しがたい威厳があり、ただの村の少年ではないという晄の疑惑は急速に膨らんだ。もともと好奇心旺盛だったから、ジャーナリストという職を選んだのだ。知りたい、と胸の奥からうずうずと込み上げてくるものが、我慢できないほど晄を駆り立てる。

ディリの叱責のあとで、湯気のたつ料理が運ばれてきた。食欲を刺激された晄は、ありがたくそれに手を伸ばしながら、さりげなくディリに探りを入れる。

「サルマンは、君の従者、になるのか」

「僕の、というより、僕の兄の、だけど。でも兄の命令で僕についているからには、僕の命令に従う義務がある。彼はそれをないがしろにした」

世の中の楽しいことだけ眺めて生きているような、きらきら輝く瞳が、すっと細められた。そんな顔をすると、ディリの表情は歳よりも老成して見え、支配階級特有の冷たささえ漂う。歳は若くても、身体は小さくても、自分の命令に逆らうものは許さないと、身の内側から揺らめきたつ激しいプライド。

「君の、お兄さんって?」

話しかけられてはっと我に返ったディリが、ぱっと笑顔になる。

「歳が離れているから、いろいろうるさいんだよ。僕のことをいつも心配していて。今度もひとりでも大丈夫だと言ったのに、サルマンをよこすから」

「あ、じゃあ、砂漠にいたのって……」

「うん。なんとか歩けるようになったから、医療キャンプから出てきたんだ」

言われてみれば、確かに歩き方が少しぎこちなかったかもしれない。だが慣れない砂地を歩く自分も、少々足元は覚束《おぼつか》なかったから、気がつかなかった。

「じゃあ、ここに帰ってきたのは久しぶりなんだ」

「うん」

だとしたら家族総出で迎えるだろうに、村人の中には、兄らしい人間も、両親らしい姿もなかったように思う。

兄と弟。そして怪我の治療……。何か、引っ掛かる。これ以上聞かない方がいい、と晄の中で警戒警報が鳴っている。いつも事前に危険を察知してくれる、ありがたい勘だ。これまで随分助けられたそれが働いているのにもかかわらず、晄は突き動かされるように質問を続けていた。

「そんなに心配してくれる兄さんなのに、出迎えてはくれなかったのかい？」

「……兄さんは、忙しいひとだから」

口ごもったディリは、小屋のドアをノックする音に、はっと口を噤《つぐ》んだ。入ってきたのはサルマンで、食事の片付けをしていいかと、無表情で尋ねてきた。それをしおに、ディリがそそくさと立ち上がり、出て行こうとするのを慌てて引き留めた。

兄さん、のことをもっと聞きたかったのだが、サルマンの前ではなんとなく憚《はばか》られ、

「無事だったことを知らせたいんだけれど、どうすればいいのかな」

と話題を変えて尋ねた。

「えっと。ここには電話はないから」

「それは聞いた」

「週に一度街まで買い出しに出るから、そのときまではどうしようもないよ」

「次の買い出しは、いつ？」

ディリは自分ではわからないのか、黙って食器を重ねていたサルマンに尋ねた。三日後という返事に、晄は素早く決断した。

「そのとき、一緒に連れて行ってもらっていいかな。身体ももう大丈夫そうだから」

ちかりとサルマンの眸が光ったような気がした。一瞬で消えたそれは、何か嫌な感じのものを含んでいて、晄の警戒心を呼び覚ます。

「大丈夫だと思うよ。確かに、いつまでもここにいるわけにはいかないだろうからね」

ディリの方は特に他意はないのか、頷いてくれた。

「本当にありがとう。君がいなければ、俺はあそこで死んでいた」

真顔で改めて礼を言うと、ディリは照れたように首を振った。

「当たり前のことをしただけだよ。自分が無力で、何もできないのではなく、手を貸せば助けられるとわかっていて、見捨てることなんてできないもの。目の前でひとが死ぬなんて、もう嫌だ」

ぽつりと残された言葉が、重く心に残った。この歳で、彼はもう身近に死を見つめたことがあるのか、と平和な国に暮らす同年代の日本の少年達に、ふと思いを馳《は》せた。

ディリが出て行ったあとで、サルマンが感情のない眸を向けてきた。

「村の中は自由に歩いてもいいが、岩山の方は行かない方がいい。足場が脆《もろ》くて危険だから」

言い捨てて、彼は重ねた食器を持って出ていった。

ひとり残された暁は、眉を寄せてサルマンの言葉を考えていた。こちらに反感を持っている彼ならば、何か裏の意味がありそうで……。

わざわざ岩山のことを話して暁の関心を引いたのは、そこへ俺を行かせたいのだろうか、行かせたくないのだろうか。ま、彼の思惑がどちらであれ、行くつもりだが。

腕枕をしながら、ベッドに横たわる。天井を見上げるその口元には、うっすらと笑みが浮かんでいた。

昼少し前、炎天下に外を出歩く者はいないのを見定めて、暁はそっと小屋を出た。ゆっくり村を歩き過ぎるだけで、全身に汗が噴き出してくる。踏み固められた砂地が小石の転がる砂利混じりの土地に変われば余計に。このあたりから緩やかな傾斜がついていて、登るに連れ、その角度がだんだんきつくなる。ごろごろした石がたくさんあって確かに歩きにくい。よく注意していないと足を挫いてしまいそうだ。

サルマンは、このことを言ったのだろうか。もっとやばいことのような感じがしたのだが。

小高い岩山に登り詰めると起伏に富んだ荒れ地がしばらく続き、その向こうには茫漠《ぼうばく》たる砂漠が広がっているのが見えた。来た方を振り向いて見下ろすと、泉を中心にした小さな村が見える。その向こうにはまた、砂、砂、砂の台地。荒野の中にぽつんとある緑の絨《じゅう》毯《たん》は、まさにオアシスだと、暁は手許にカメラがないことを残念に思った。この地で水がどれほど貴重なものか、ひと目でわかる写真が撮れそうだったのに。

しばらく灼熱の太陽に照りつけられながら、あたりを歩き回り、特に目につくものはないことを確認して、引き返すことにした。

「なんか、一杯食わされた気がする」

何かありそうだと期待したのに、ただの岩山だったとは。思わせぶりに言ったサルマンは、空振りして戻ってくる暁を、密かに笑うつもりだったのかもしれない。

来た道をそのまま帰るのもしゃくに障るので、ぐるっと大回りをして帰ることにした。帰りは下りになるので、足元には行き以上に注意していたつもりだったが、うっかり小石の上に足を載せてしまう。

「うわっ」

お約束のように尻餅をついて、悲鳴を上げる。

「い、ったあ」

村に帰ったら爆笑されそうだ。滴り落ちる汗をぐいと腕で拭ってから、身体を起こそうとして手を突いたら、そのままずぶずぶと中に吸い込まれた。

「な……っ」

ぎくっと慌てて身体を引き、手を引き抜いたあとを覗き込む。幅二十センチくらいの穴が開いていた。しかも試しに周囲を押してみると、ばらばらと頼りなく崩れて穴が広がっていく。しっかりした地面のように見えて、こんなにも脆《もろ》い。知らずに踏んでいたら、それこそ足を取られて骨折しそうだ。

よく見ると、穴はそこだけではなかった。不注意に踏み込むと、周囲に目くらましのように積もっていた砂や小石ごと、下に落ちる仕組みになっている。天然の落とし穴。

サルマンは、これを狙っていたのか。

晄は用心しながら、そろそろと来た道の方に戻ろうとした。こんな危険な道を辿って村に帰るつもりはない。

「まるでカルスト台地だ」

石灰岩が雨水で溶けて、思いがけないところに穴が開いている台地のことを連想する。

一歩踏み出すのも慎重に探ってから進んでいたつもりだったのに、大丈夫だと思って踏んだ場所ががらがらと崩れ落ちた。穴は意外に大きく、晄をすっぽり呑み込んでしまう。

「わぁっ」

ずるずると滑り落ちて、さっき打った腰をもう一度痛打した。一瞬息が止まるかと思ったほどの衝撃だった。

「……やられた」

呻きながら、なんとか上半身を起こす。頭上にぽっかり空いた穴から、太陽の光が差し込んでいた。背伸びすれば、なんとか届きそうだ。登れそうだと見極めると、動揺もすぐに収まった。

打ち身でずきずきする腰を庇いながら、自分の落ち込んだ穴を観察する。穴はそこで終わりではなく、這わないと無理なくらい狭い横穴が続いている。迷うことはなかった。行き止まりなら戻ってくればいいのだ。

晄はその場に這って、狭い穴に身体を押し込んでいった。

圧迫感を感じるほど狭いのは、その部分だけだった。なんとか通り抜けると、立って歩けそうな通路がある。左右と床に人工的に掘ったらしい跡が残っていた。

「つまりここは、自然にできたものではないってことか」

いったいいつ、誰が、なんのために。

つかの間立ち止まって考えてから、軽く首を振った。ここに突っ立っていたってわかるわけがない。

注意しながら先に進む。緩やかなカーブが続いていた。急にその先が落ち込んでいるように見えたので、ずいぶん手前から四つんばいになって、そろそろと近寄って行く。

「なん……だ…、これは」

眼下に広がる景色に、声を失った。茫然と、きらきらと光り輝く夢のような建物を眺め下ろした。

暁が出たのは、崖の上に突き出した岩棚だった。その下に広がる巨大な空間に、まさに宮殿としか表現しようのない建物が忽然《こつぜん》と広がっているのだ。

しかも、天井にところどころ開いた穴から、陽光が煌めきながら零れ落ちてくると、その光が当たったところが青緑の光を反射する。そして気紛れな光が去ると、ゆっくりと赤紫に変化するのだ。建物だけではなく周囲の岩壁にも、光の粒子が触れると、鮮やかな緑が駆け抜ける。クリスマスツリーのイルミネーションのような華麗な色彩の乱舞に、暁は息をするのも忘れて見惚れた。

「……ここが、アレキサンドライト鉱山だったのか…」

陽光で青緑に、そして白熱灯で赤紫に変化する神秘の宝石。政府が懸命に探していた失われた鉱山。鉱山全体を利用して宮殿を築いたから、側壁にもアレキサンドライト鉱石が含まれて色が変化しているのだろう。

「宝石でできた宮殿なんて、世界中探したってありっこない。記事を書いても信じてもらえるかどうか」

カメラがないのが、これほど悔しいことはない。

いつ頃建設されたものなのか。今でもひとが住んでいるのか。いたく興味をそそられた晄は、なんとか下りる道はないかと下を覗き込んだ。険《けわ》しい岩肌しかないのを確認し、ここは駄目かと、覗き込んでいた姿勢から身体を起こそうとしたとき、ふいに両側から銃を突きつけられた。

「な……っ」

眼下の景色に夢中で、すっかり周囲への気配りがおろそかになっていた。ぱっと振り向くと、数人の武装した男達が険しい表情で晄を見下ろしている。黒のカフィーアを邪魔にならないように首に巻きつけ、着ているものも黒ずくめだ。一瞬既視感に襲われて、無意識に彼らの中に緑の瞳を探していた。すぐさま「ばか」と自分で自分を罵《ののし》ったが。

しかし一方で別のことにも気がついた。中のふたりが、村で見かけた男であると。仕事がら、ひとの顔を覚えるのは得意な方だから間違いない。つまり、この宮殿こそが彼らのアジトで、村はカムフラージュのために存在しているのだ。

そういうことなら、鉱山の場所が簡単にわかるはずがない。幾重にも情報網を張り巡らせて、当局の探索を逸らし続けていたに違いない。

そして、自分をここへ導いたサルマンの意志。彼は、異分子の晄が、そのまま村を出て行くことを懸念したのだろう。何も気がついていないかもしれない、しかし、もしかすると疑いを持っているかもしれない。

ディリの命令に逆らえないサルマンとしては、晄自らが危地に踏み込むことを画策したのだろう。秘密を知ったよそ者を、さすがのディリも、解放しろとは言えないことを見越して。

後ろ手で縛られて、乱暴に小突かれながら細い道を歩かされた。足を踏み外せば崖を転がり落ちてしまいそうな、危うい道だ。腕を拘束されているから、バランスが取りにくく、何度も躓《つまず》きそうになった。そのたびに綱の端を引っ張られて体勢を立て直す。

急な坂道を蹌踉《よろ》めきながらなんとか下りきると、石畳の広場になっていた。近くで見て改めてわかったのだが、この地下の構造物は材料を積み上げて造られたのではなく、すべて岩を刻んでこの形に仕上げたものらしい。

足元の石畳も、ごつごつした岩を削って平らにならしてあるようだ。自分の置かれた状況もつかの間忘れて、晄は芸術品ともいえる地下宮殿を見上げていた。

両翼《りょうりよく》は数十メートルはあるだろうか。コリント式の巨大な柱廊が、宮殿前の広場を覆う屋根を支え、その向こうに宮殿本体が見えている。丸い屋根を載せた尖塔を幾《いく》つも備えた本格的な宮殿で、これほどのものを岩肌から刻んでいくのにどれほどの時間がかかったかと考えると、気が遠くなりそうだ。

地下にあるだけあって、空気はひんやりしていて、過ごしやすい。砂に覆われた外の炎暑を思えば、国の支配者が、エアコンのない時代にこうした場所に避暑地を求めても不思議ではないように思える。

鉱山がディルハン王家の敷地内にあったのは、これを隠すためでもあったのか、と今さらながら納得させられた。

立ち尽くしていた晄は後ろから突き飛ばされるようにして、その場に膝を突かされた。あたりの景色に圧倒されている間に、彼らの首領が出てきたらしい。顔を見てやろうと視線を上げかけたが、「無礼者」と髪を摑まれてねじ伏せられた。

屈辱に唇を嚙み締めていると、俯かされた視線の端に黒いブーツが近づいてきて、目の前で止まった。

「……なんで、おまえが」

やがて吐息と共に呟かれた言葉に、暁は愕然とする。聞き覚えのあるこれは、まさか。

顔を上げようとして、またもや強引に妨《さまた》げられた。

「よい、放してやれ」

若々しいが、命令することに慣れた威圧的な声だった。間違いなく自分は彼を知っている。確信しながら視線を上げて彼を見た。

鮮烈な緑の瞳と視線が交錯する。相変わらず黒ずくめの衣装を纏ったアスーラが、腕組みをして仁王立ちしていた。

「……アスーラ」

思わず呟くと、「呼び捨てにするなっ」と、銃の台尻でこめかみを小突かれた。

「よせ」

苛《いら》ついた声が叱咤《しった》する。

驚愕のあまり陥った自失状態から抜け出ると同時に、身体が動いていた。膝を突いていた姿勢から、アスーラに飛びかかっていく。頭を低くして、相手の顎を狙った。

「おい！　何をする」

後ろから縛められた紐を引かれなければ、不意打ちは成功していただろう。力任せに紐を引かれて倒れ込みながら、回し蹴りの要領で自分を拘束する男に蹴りを入れた。

「放せ！」

「うわっ」

叫んでひっくり返った男が紐を放した隙に、腹筋を使って飛び起きるともう一度アスーラに襲いかかる。

「おっと」

ひょいとその攻撃を避けたアスーラの背後に回り込むようにして、今度は後ろから膝を突き入れた。それもかわされたが、晄はかまわず、続けざまに足技を使ってアスーラを後ずさらせた。

「くそっ」

腕が使えれば、腰に吊しているジャンビーアを奪い取って突きつけてやれるのに。

ぎりっと歯嚙みしながら果敢《かかん》にアスーラを攻撃したが、腕を拘束された状態でのそれは無謀《むぼう》に過ぎた。たちまち男達に襲いかかられて潰され、身動きできないように押さえつけられてしまった。

激昂のあまり銃を引き抜いた男が撃鉄を起こした。こめかみに突きつけられて、これまでかと眸を閉じる。

「やめろ」

それをアスーラが止めた。

「こいつはじゃじゃ馬なんだ」

ぼそりと呟いた言葉に、緊迫していた空気がふっと緩んだ。

「ご存じなんですか」

側に立っていた実直そうな顔立ちの男が尋ね、アスーラが頷く。

「まあな。ナヤム、おまえは覚えていないか？　バージ・アル・サウディンでの騒ぎの時、写真を撮っていた男だ」

別の意味でざわっと空気が揺れた。そこからここまで追跡してきたのだろうか、という疑いだ。もしそうなら、すぐにでも敵を迎え撃つ準備をしなくてはならない。

どうしたものかと迷うようすで、アスーラは顎を擦りながら暁を見ていた。

「痛めつけて、吐かせましょうか」

ナヤムが伺いを立てる。あまり気乗りしないような顔つきだ。

「……そうだな」

そうしなければならないとわかっていて、なぜ自分が躊躇《ためら》うのか。わからないままアスーラは、押さえつけられながらも反抗の意志を赤々と燃やして睨み上げてくる暁をしばらく見ていた。

小気味いい、というのが、その男に持った印象だった。歳を聞けば自分より二歳も上だと言うが、もともと日本人は若く見えるし、そんなに違うようにはとうてい思えない。実践で鍛え上げた自分に怖じずに挑んでくるし、軽くあしらうには腕が立ちすぎた。油断すると寝首を掻かれそうな剣呑《けんのん》さもある。

今もこうして押さえつけられているくせに、ぎらつく瞳は、自分が味わわされた屈辱を忘れないと睨みつけてくる。

まあ、屈辱ではあったろう。

ホテルでのやりとりを、受攻を逆にして考えれば、アスーラにも理解できる。だがあのときこの男が高まる感情の頂点で晒した痴態は、思い出すといまだにアスーラ自身を昂ぶらせるほどの極上の艶姿《えんし》ではあった。

あの、声。あの、顔。そして褌に包まれたときに感じた蕩《とろ》けそうな快感。

「待って、兄さん。そのひとは違う！」

危うい方向に意識が逸れそうになったとき、駆け込んできたのは弟のディリだった。苦い顔をしたサルマンがつき添っている。半ばほっとしながら振り向いたアスーラは、しっかりした足取りで走ってくる弟に目を細めた。

彼をサウディンにあるNGOの医療キャンプに行かせたのは、アスーラなりの譲歩だった。カシムが密かに手を回してくれたおかげで正体もばれず、無事に手術も受けられた。結果として、歩けなかった弟がここまで回復したのだ。その点では、カシムにも、あそこにいた医師達にも感謝している。

「そんなに走ると傷に障らないか」

目の前まで駆け込んで、膝に手を突いてはあはあと喘いでいるディリには優しく言いながら、サルマンに向けた眸は、「なぜ止めない」ときつく眇められている。

「…大丈夫。今は、それより、眈、のこと」

息を切らしながらアスーラを見上げて訴える。

「砂嵐に巻き込まれていたのを僕が助けて、連れて来ただけなんだ。彼が悪いんじゃない。だから、ひどいことしないで」

懸命に訴える弟は、ひとを疑うことを知らない無垢《むく》な瞳を向けてくる。クーデターで血の粛清《しゅくせい》を受けた王宮を共に逃げ出し、その後もこんな生活を続けていながら、どうしてこれほど汚《けが》れないままでいられるのか。

「だが、ここを知られてしまった」

「それは、サルマンが企んでしたことだ」

　ディリの言葉にアスーラが視線を向けると、サルマンは、

「このまま解き放つことは危険だと思ったのです。でも、アディリヤ様の命令には逆らえませんし、仕方なく……」

　と言い訳した。その言葉を疑うつもりはない。忠誠心の篤さでは、真に信頼できる男だからこそ、大切な弟につけた。

「暁は、絶対、喋らない」

　拳を握り締めて力説するディリを、伸ばした手で抱き寄せた。

「どうしてそう言えるんだ？」

　瞳を覗き込むようにして尋ねると、ディリは真剣な表情で返してきた。

「だって、暁だもの」

　理屈になっていない。アスーラは嘆息して、戸惑った表情でこちらを見ている暁に視線を流した。ディリの登場で、すっかり毒気を抜かれたらしい。視線が合うと、思い出したように睨みつけてくるが、ディリを見るときにはどこか和らいでいる。

「できればおまえの言葉を聞いてやりたいが、残念ながらそうもいかない。ここは我々の生命線だ」

「だから、暁はっ」

声を荒げようとした唇に、そっと指を押し当てた。

「ここで解放して、もし彼が向こうの勢力に捕まったらどうする？　口を噤めば噤むだけ、今度はあちら側に痛めつけられることになるぞ」

ディリと話しているうちに、心が決まった。どちらにしろ、暁をここから解放してやることはできないのだ。

「こいつを『寵姫《ちょうき》の間』へ入れておけ」

部屋の名前を聞いて、誰もが怪訝《けげん》な表情をした。

「なぜ、ハーレムへ？」

ナヤムが皆の疑問を代表するかのように尋ねた。

「あの部屋は、『寵姫の間』と言いつつ、実は監禁部屋だからだ」

ああ、と納得したような気配が流れた。

「ディリ、これがぎりぎりの譲歩だ。痛めつけはしないが、ここから出すこともしない」

不満そうな顔をしながらも、ひとまずディリは頷いた。また別のときにでも説得しようと考えたのだろう。アスーラはその頭をぽんと叩いてから、引き立てられていく暁のあとから宮殿に引き返していった。

宮殿の奥、中庭を隔《へだ》てて頑丈なドアで閉ざされたハーレムに、『寵姫の間』はある。当時の王が、もっとも愛した女性のために造らせた。窓には豪奢なカーテンが掛かり、壁には金箔《きんぱく》で華やかな装飾が施《ほどこ》されている。床に敷かれたペルシャ絨毯は、美術品といってもいいくらいの豪華さで、揃《そな》えられた調度品も、細かな細工の施された素晴らしい品ばかりだった。

あの部屋で、この男は変貌《へんぼう》するだろうか。

乱暴に歩かされていく晄の後ろ姿を見ながら、アスーラは昂揚感とも期待感とも言えそうなわくわくする思いを味わっていた。

「変わってほしいのか、変わらないでほしいのか。いずれにしろ新しい風が、おまえから吹いてきそうな気がする」

曲がりくねった通路を歩く間にも、壁のあちこちに灯されたランプの光に反応して、赤紫が煌めくのが見えていた。原石を含む岩ごと壁になっているからだ。これに陽光が差し込んだら、さっき崖上から見たように、その部分が綺麗な青緑色に変化するのだろう。

まだ落ち着いて考えることができないまま引き立てられていく晄は、ひとつだけ、なんとしても逃げ出して、アスーラに一泡吹かせてやるという決意だけは固めていた。その手段を考えるためにも、行き過ぎる道筋を観察するので忙しかったが、それでも地下宮殿の美しさにはしばしば心を奪われた。

電気がきているのと察したのは、通りすがりの壁のランプを見ていて、炎が揺らがないことに気づいたからだ。そして仄《ほの》かな香りを含んだ風が天井の吹き出し口から出て、通路を満たす空気に流れができている。つまり今では、換気も空調も完備されているということか。宮殿全体で必要な電力はかなりの量に上るだろうから、相当な発電装置がどこかにあることになる。宮殿ができたのはかなり以前らしいが、近代になって最新設備を導入したのだろう。

重々しい巨大な扉が開かれ、繊細な彫刻で飾られた柱廊が続く通路に出る。これまでが男性的な力強さをイメージした造作だったとしたら、ここは優しく優美なイメージで統一されていた。女達の園、ハーレムである。

さすがに今ここに住む女性はいないようだが、過去に綺羅《きら》を競った寵姫達を彷彿《ほうふつ》とさせる爛熟《らんじゅく》した気配が残っているように感じられた。

噴水を中心に四方に小道が通じていて、それぞれに意匠を凝《こ》らしたドアが見える。晄が押し込まれたのは、そのうちのひとつだった。部屋の中は暗くて何も見えない。闇に慣れるために、晄はいったん眸を閉じた。が、すぐに明かりが灯され、薄闇に適応しつつあった晄は、眩《まぶ》しさに瞬《また》いた。

「さっさと歩け」

立ったまま豪奢《ごうしゃ》な室内を見回していた晄は、後ろから小突かれて、くるぶしまで埋まりそうな絨毯に躓きかけた。

ここが控えの間らしい。行けと促されて奥に進み、紗のカーテンをくぐり抜けてベッドルームに入った。天蓋《てんがい》つきのゆったりしたベッドが中央に、周囲には女性らしい繊細な家具が置かれていた。

控えの間もこちらも、かなり広い。右手の奥には別の部屋へのドアも見えていて、この一角だけで日本なら家一軒が軽く入ってしまうだろう。確か『寵姫の間』だったなと思い出し、豪華絢爛で当たり前か、と自嘲する。まさかハーレムに押し込められるとは。

銃を構えた三人の男達に囲まれた上で、縛られていた腕が自由になった。ここで暴れるほど無謀ではない。赤い痕がついた手首をさすりながら、これからどうするつもりかと、相手の動きを待つ。

少し遅れてアスーラが入ってくるのを見て、条件反射のように視線がきつくなった。自然に身体が緊張し、隙を窺う体勢になる。

アスーラは面白そうに暁を一瞥したあと、部下に命じた。

「この部屋に入るときは、必ずふたりひと組で行うように徹底しろ。隙を見せたら逃げられそうだ」

「繋いでおいた方がいいのでは？」

ベッド脇のチェストから、男がラバー製の手枷を取り出して見せる。ベッドの桟に繋げるように長い鎖がついていた。暁は黙ってそれを見ながら、寵姫の間でありながら監禁部屋とはどういうことだ、と訝《いぶか》しんでいた。豪華な室内に拘束具があるのは、いかにも違和感がある。

「この部屋は、確かに当時の王が特別な愛妾《あいしょう》のために造った部屋だが、あいにく彼女は望んでここに来たわけではないのでね。抱かれるときもさんざん抵抗したそうだ。最後は四肢を繋がれて、衆人環視の中で花を散らされた。そのあとも王は、彼女を抱く度に手をやいたらしい。そんなじゃじゃ馬のどこがいいのか。俺なら、放り出す。面倒のいらない素直で優しい女がたくさんいるというのに、物好きなことだ」

暁の訝しげな顔に、アスーラが部屋の謂《い》われを話す。徐々に強張る暁の表情に、意味ありげな視線をよこしたのは、忘れ去りたい記憶を蘇らせて疑心暗鬼に陥るのを面白がっているのだろう。

アスーラの思惑通りにはなるまいと歯を食いしばったが、自分がこのベッドに拘束される場面を脳裏に浮かべてしまって、ぞくっと悪寒が走るのを止められなかった。あの屈辱的な一夜のように、圧倒的な力で貫かれて無様に泣き喚く自分を連想して。

「もう少しすれば夕食だ」

唇を噛んだままの暁をしばらく見たあとで、アスーラは関心をなくしたかのようにそう言い残して部屋を出て行った。部下の男達も、ドアを閉ざし外から鍵をかけて行ってしまった。

「こんなところで、虜囚《りょしゅう》か」

さしむき命の危険はなさそうなので、暁は吐息を漏らすと、張りつめていた心身を解すべくベッドに横たわった。柔らかな褥《しとね》が、そっと暁の強張りを解してくれる。あれこれ考えなくてはと思いつつ、いつしかうとうとと睡魔に引き込まれていった。心身の疲労が限界に達していたらしい。

夢の中で、緑の瞳に覗き込まれていた。雄弁な輝きで暁に語りかけ、「行こう」と手を差し伸べられる。おずおずと自分も手を出そうとするのに、なぜか身体が動かない。はっと見下ろすと、鎖が巻きついて、動けなくされていた。

「おまえが逃げるからだ。なぜ…、逃げる。俺を許せないからか」

責めるような眸に、慌てて首を振る。

「違う」

いや、それもある。あんなことをされた相手に、反発するのは当然だ。でも逃げようとしたのはそれだけじゃなくて。

「それだけじゃなくて？」

聞き返されて、暁ははっと顔を上げる。誘うような視線が、その先を、と促している。

自分は何を言おうとしていたのか。

深層意識からわき上がった想いに、愕然とする。

ずっと忘れられなくて、二度と逢うはずがないとわかっていたから、余計に心が囚われて。憎んでいるせいだと言い訳しながら、本当は……。

言葉にすることもできなくて黙って見つめていると、

「仕方がない。こうした出会いを仕組んだ運命を嘆《なげ》くことにしよう」

アスーラはくるりと背を向けてしまった。

「残念だ、暁。別の出会い方をしていたら……」

そのまま行ってしまうアスーラを見て、身体が熱くなった。今伝えないと、二度と彼と逢えなくなる。そんな焦燥感に煽られて叫んでいた。

「違う、違うんだ！　アスーラ、待って、話を……」

その自分の声で、目が覚めた。

「夢、か……」

しばらくは茫然としていた。

アスーラと、違う出会い方をしていたら……。

暁は頭を振って、考えても仕方がないことを振り払った。突然のアスーラとの再会で混乱したから、埒《らち》もない夢を見ただけだ。

夢の名残を振り捨てるために、ずっと胸に引っ掛かっていたアディリヤという名前のことを引っ張り出す。

アディリヤ……。確かにどこかで聞いた名前だ。どこだったか。

この地下宮殿が王家のものであったなら、今ここに隠れ潜んでいる彼らも王党派のはずだ。王族のほとんどはクーデターで死んだと聞いたから、あとはその関係者の中で……。

捕まえられそうで捕まえられない記憶にいらいらしながら起き上がった。

側の小卓にドーム型の覆いを被せた皿が置かれていた。眠っている間に、食事を運んでくれたらしい。意地を張って食べない、など子供っぽい反抗はしない。逃げ出すには体力を温存しておくことも大切だ。

食器を何かに利用できないかと、食べ終えたあとしげしげと眺めたが、皿も覆いも丸い金属でできていて、さすがにそのあたりは配慮されている。料理も伝統的な手で食べるものばかりで、期待したナイフやフォークなどというものは当然ない。

ただひとつだけ。シシカバブの串が、もしかすると……。

長い柄をわざと何カ所かで折って、尖った一片を枕の下に隠す。うまくすれば、串の長さが足りないことに気がつかれないだろう。

腹が脹《ふく》れると、部屋の中を調べて回った。ランプはすべて鉄柵で囲われて壁に固定してある。今は電気に変わっているが、かつて火が灯されていた頃、自暴自棄になった囚人が、それを倒して火事を起こさないようにという配慮なのだろう。噂の寵姫は、自分が焼け死ぬのも厭《いと》わず、そうした企てを一度はしたらしい。

凄まじく、王様を嫌ったものだ。孤立無援の中で、自分の意地を貫いた気概《きがい》に、思わず尊敬の念を抱く。

その、王様という言葉から連想が働いた。

そうだ、王子だ。アディリヤ、は、ディルハンの王子だった少年の名前じゃないか。生きていたのか……。

一度思い当たると、アスーラ、という名前もすらすらと蘇った。

アスーラ・ビン・アルタイヤ・ディルハン。

今となっては直系王族の男子として、ただひとり成人した生き残り、つまり世が世なら世継ぎの皇太子、というより国王陛下そのひとだ。

つまり、サウディンのプリンス達が「アスーラだな」と呟いたのは、テロの首謀者をディルハンの元王子であると認定したわけだ。

「うわぁ」

思わず上げた声に自分で驚いて、慌てて口を塞いだ。誰に聞かれるわけでもなかったのだが。

ホテルでのテロ事件のあと、サウディンのプリンス達と遭遇したときも仰天したが、今度はディルハンの、元とはいえ王子達。そりゃあ、つき人のサルマンが警戒するわけだ。

この鉱山を握っている限り、無尽蔵に掘り出せる宝石で資金的に不足はないだろうし、大規模な組織を維持するのも容易だろう。地下宮殿の秘密をなんとしても守らなければならない、と考えて当然というか。

思わず今の自分の境遇に納得しかけて、慌てて首を振った。

「冗談じゃない。それはそれ、これはこれ」

不当に拘束されるのは、性に合わない。自分はなんとしてもここから逃げてやるのだ。

ふわりと夢の名残が浮き上がりかけるのを、他の疑問を思い起こすことで無理やり胸の奥に押し込める。

だいたいディルハンの元王子が、なぜサウディンにテロを仕掛けていくのだ？　普通ならクーデターの首謀者達を目標にしないか？

疑問を抱くと、いつものように記者魂が騒ぎ出す。ここから脱出しなければ、調べることもできない。調べて彼らを密告しようというのではない。ただ、知りたいのだ。

窓にはすべて格子が嵌っていて、そこからの脱出は無理だった。備えつけの家具も、引き出しには何も入っていないし、先程男が手枷《てかせ》を取り出したチェストには鍵がかかっていた。

部屋づたいに浴室や衣装部屋もあって、ここが地下だということが信じられないほど、至れり尽くせりの設備が整っていた。

入り口のドアが開き、暁ははっと身体を緊張させながら振り向いた。開いた隙間から、外には見張りがいることもわかった。部屋に入ってきたのはふたり。アスーラの指示がちゃんと守られている。

ひとりが銃を構える中、もうひとりが食事の後かたづけをする。串が幾重《いくえ》にも折られているのに気づくと、訝しそうに暁を見たが、一部がなくなっているとは思わなかったようだ。

ふたりが出て行ったあと、晄はほっと胸を撫で下ろした。これで武器の代わりになりそうなものが手に入った。そのあとまた別のふたり組が入ってきて、奥の方に通っていった。好奇心に誘われてついていくと、途中で銃で遮《さえぎ》られた。必要以上に近づくのを警戒されている。

少し離れたところで見ていると、ひとりが晄を見張っている間にもうひとりが着替えらしいものを衣装部屋に吊している。彼らが出て行ったあと見てみると、絹地でできているらしい白の長衣や下着などが、不自由しない程度に用意されていた。

「虜囚も身だしなみを整えろか」

皮肉に呟いたものの、正直助かった。着の身着のままだったから、いずれ困ったことになっただろう。

さっきのが夕食なら、あとはもう寝るだけか。

晄は着替えを手に浴室に向かう。ドアを開けてその広さにため息が零れた。足元は暖かみのある淡いピンクの彩釉《さいゆう》タイルが敷き詰められ、埋め込むように造られている浴槽は足を長々と伸ばしても余るくらい広い。周囲にはシャワーブースやサウナの設備もあり、浴槽は他にも据えつけられている。そちらは湯に浸かりながらマッサージができるよう、幅広で浅い湯船になっていた。

ただし今はどちらにも湯は入っていない。正規にここに住む夫人や愛妾なら大勢の召使いが傅《かしず》いて、こうしたことも自分の手ですることはないのだろうが。

「俺はただの虜囚だからな」

湯を入れるのも面倒だったので、さっとシャワーを浴びて済ました。

水はどこから引いているのだろうか、とか、発電設備の燃料は、などとつまらないことがいろいろ気になったが、その疑問に応えてくれそうな人間はいない。

ベッド脇のドレッサーには洗面用具らしきものがあった。化粧品のたぐいがないところを見ると、晄専用で置かれているのだろう。

ドライヤーで髪を乾かし、ホテルに滞在しているのと変わらないじゃないかと苦笑が漏れた。この部屋を出ることができないだけで。

朝になると、また食事が運ばれてきた。ふたり組の隙を窺ったが、一方が銃を構えたままだったので、服の中に隠し持った尖った串を使うチャンスはなかった。昼食も同じだった。これでは別の手を考えなければならないかと思い始めた頃、ディリが尋ねてきた。

「こんなことになって、ごめんね」

と頭を下げられて、

「仕方ないさ」

と首を振った。砂嵐のあとで助けてもらわなければ、どうせ命はなかったのだ。それより、とこの場所の説明や、ディリ達が何をしているのかを尋ねた。

つき添っているサルマンが渋い顔をしているのを尻目に、ディリは自分達が王党派であること。国軍を掌握《しょうあく》してクーデターを指揮し、今は大統領を詐称しているアルザワーティ将軍をその地位から引きずり下ろすことが目的であることを打ち明けた。

「ディリ、君も？」

晄が気安くディリと呼ぶたびに、サルマンの眉が顰められる。

「うん。兄がここのリーダーだし、僕だってアルザワーティ将軍がしたことを許せない」

「どうしてやすやすとクーデターが成功してしまったんだろう。ディルハンは政情も安定していて、問題のない国だと思っていたよ」

「サウディンが、裏で画策していたんだ。石油や豊富な鉱物資源があった国境線のことで揉めていて。向こうの都合のいいように決着させるために、自分達の息のかかった傀儡《かいらい》政権が欲しかったらしい、と兄が言っていた。そうでなければ、宮殿が襲撃された直後に、街中にサウディンの正規兵が現れるはずがないって」

ディリは兄に言われるままにそう信じているらしいが、しかし晄は首を傾げる。サウディンがそんなことをするだろうか。無尽蔵《むじんぞう》にある自国の地下資源だけで十分潤っている国が、他国のものまで横取りしようなど。

暁には、地域の盟主の地位にあるサウディンらしくない行動に思えた。やはりここを出て、自分で調べてみるしかない。

脱出する方法は、と考えたとき、咄嗟に不埒な手段が思い浮かんだ。もしここで、ディリを人質に取れば。自分からはまだ王子だと打ち明けてはくれないが、彼の地位は、従うサルマンの態度からも明らかだ。

思いついた途端、自分が最低の人間だと感じて、忸怩《じくじ》たる思いがわき上がる。命の恩人を盾に取ろうなどと。

いや、待て。もしディリが協力してくれるなら。

秘密の相談を持ちかけるには、側に控えているサルマンが邪魔だった。ひそひそ声が聞こえないあたりに彼を離さなければ。

「ねえディリ。もう少しゆっくりしていけるんだろ。何しろ俺はここから出られないから、君ともっと話していたいよ」

急に親しげに話しかけた暁に、最初ディリは不審そうな表情を浮かべたが、意味ありげにウインクすると、何か話したいことがあるのだと察してくれたようだ。

「サルマン、僕、ここでお茶を飲んで帰るから、用意するように言って」

「しかし……」

サルマンが賛成できないと言いたそうに口ごもったが、押してディリが望むと、しぶしぶ立ち上がってドアの外で見張りについている男に話に行った。

その短い間に、晄は、

「なんとしてもここを出たいんだ。君を人質にとってもいいかな」

とひそひそ声で話を持ちかける。

「サウディンが黒幕だというのも、俺には信じられない。そのあたりも調べてみたい。だからどうしてもここを出なくては。頼む、ディリ。俺が絶対にここのことを喋らないと信じてくれているんだろう」

「……信じているけれど」

突然の申し出に、ディリは僅かに首を振って駄目だと答えた。

「逃がしてあげたいけど、でも無理だよ。ここは砂漠のど真ん中で、どこへ逃げてもすぐに捕まってしまう」

「やるだけでも……」

言いかけて、言葉を呑み込む。疑惑を滲ませたサルマンが、急ぎ足で戻って来たからだ。

ひそひそ声で話すために、顔を近づけすぎたらしい。

「すぐに用意できるそうです」

不自然な沈黙に、彼はますます疑いを強めたらしい。あとはずっとディリの側から離れようとしなかった。

翌日も、同じように過ぎていった。希望もなく無為に時間を過ごすのは、意外に堪《こた》えるものだと知った。伯父に無事なことを伝える術もなく、このままだと日本の家族にも失踪者として通知されてしまうかもしれない。

何か喚きながらそのあたりを走り回りたいという焦燥感に襲われ、届けられた食事を床に投げつけたい、というヒステリーじみた衝動に駆られる。

せめてもの時間潰しに身体を鍛えるトレーニングに励《はげ》んでみたが、汗をかいて身体はくたくたになっても心は重く閉ざされたままだった。さんざん身体を酷使したあと晄は、ベッドにごろんと横たわりながら、複雑な文様が彫り込まれた天蓋を睨みつけていた。

午後になって、またディリが訪ねてきた。

「協力するよ」

サルマンがなぜついていないのかと不思議に思う間もなく、ディリは思い詰めたような表情で、晄に自分の腰につけていたジャンビーアを差し出した。

「ディリ」

「やるなら今がチャンスなんだ。兄がここを離れていて、いるときと比べたら少しは規律が緩い」

そして駱駝が繋がれている場所までの道筋を教え、「早く」と促すのだった。

「ありがとう。君の信頼は決して裏切らないから」

言いながら晄はディリを抱き締めていた。

ディリが差し出したジャンビーアを丁寧に辞退し、自分が用意した尖った串を取り出してきた。

「そんなもので？」

呆れたようにディリが笑う。

「これでも、頸動脈を突けばひとを殺せるんだよ」

自嘲するように言うと、ディリの顔色が変わった。

「僕以外の人間だったら、本当に殺る気だった？」

恐る恐る尋ねるディリに、晄は苦々しく唇を歪めながら、「わからない」と答えた。

「とにかく、急ごう」

複雑な沈黙のあとで、ディリが時間がなくなると言い出し、晄は彼の身体を抱え込むようにして首のあたりに串を突きつけた。

「大丈夫か？　痛くない？」

加減がわからなくて尋ねると、ディリはくすりと笑った。

「突き刺すつもりでやらないと、誰も信じてくれないよ」

「わかった。痛かったらごめんな」

ディリを抱えたまま、暁はドアを蹴り開けた。ドアの外に立っていた見張りが驚愕して眸を見開いた。

「アディリヤ様……」

「こいつの命が大切なら、そこをどけ！」

顔を強張らせて本気の表情を作って凄むと、男はぎくしゃくと頷いて後ずさった。始まってしまうと、あまりディリを気遣うことはできなかった。首筋に串を押しつけたまま、通路を急ぐ。知らせを聞いてわらわらとひとが集まってきたが、暁がディリを盾に取っているのを見ると、手出しもしかねてじりじりと後ずさっていく。

ハーレムの分厚い扉をくぐり抜け、ディリに教えられた通路を急ぐ。

「そこの角を曲がったら、外だよ」

串の先を喉に押しつけられた状態で、ディリがそっと囁いた。

「わかった」

これが茶番であると悟られないために、暁も唇だけで答える。

前後に男達がひしめく中、暁はディリの言った角を曲がった。そして、

「やってくれるじゃないか」

と冷ややかな声に足止めされる。

「アスーラ」

「兄さん」

通路の真ん中に腕組みをして立ちはだかっている姿を見た途端、ふたりの唇から呻きにも似た吐息が漏れた。

「ディリ。油断したな。いくらおまえがそいつを贔屓《ひいき》しても、命の恩人を人質に取る恩知らずだということがわかったか」

「……ちがう」

ディリが苦しそうに呟いたが、今ここで、これが欺瞞《ぎまん》であると言うわけにもいかない。

「これが見えないのか。そこをどけ！」

暁は虚勢を張って声を張り上げた。ディリがこの手にある限り、たとえアスーラでも引かざるを得ないはずだ。だが脅しても動かないアスーラを見ると、何を考えているのかと、

漠然とした不安が込み上げてくる。

「アスーラ！　弟が大事じゃないのか！」

「大事だね。おまえのような虫けらが手を触れるのも汚らわしいと思うほどには」

「だったら、道を開けろ」

思い詰めた顔で串を持つ手に力を入れると、アスーラはゆっくりと腕組みを解いて、

「本気か？」

と眉を上げて皮肉そうな声を上げた。

「もちろんだ」

「おまえの命を救い、庇い、命乞いさえしてくれた相手だぞ。良心は痛まないか」

「うるさい！　早くしろ」

怒鳴りつけると、僅かにアスーラの表情が変わった。緑の瞳が細められ、ぞっとするような剣呑さを帯びる。

「わかった」

それでも壁の方に何歩か下がってくれたのでほっとした晄は、ディリを抱えたまま横を擦り抜けようとした。

その瞬間だった。アスーラの手が目にも止まらぬ速さで動き、腰に差したジャンビーア

を引き抜いて投げつけてきた。

「わぁっ」

気がつくと晄は、血が噴き出す手を押さえながら、その場に蹲《うずくま》っていた。アスーラの投げたジャンビーアの鋭い刃に傷つけられたのだ。つかつかと歩み寄ってきたアスーラは、憤怒の形相で、痛みに呻く晄の襟首を摑み上げ、容赦なく平手打ちを食わせた。

「よくも我が弟を！」

ぎりっと歯嚙みして手ひどく揺さぶってから、荷物を放り捨てるように突き放した。

「元の部屋に連れて行って、ベッドに四肢を繋いでおけ。『寵姫の間』の伝統を復活させてやろうじゃないか」

憎々しげに言い捨てると、もう晄にはかまわず、跪《ひざまず》いてディリを抱き寄せた。一度ぎゅっと抱き締めてから、顎を上げさせて喉の状態を見る。串の先端が押しつけられていたところが少し赤くなっていた他は傷がないことを確認して、もう一度強く抱き締める。

兄の心臓が早鐘のように鳴っているのが、密着したディリには伝わっていた。どれほど心配させたかと思うと、今この場ですべては茶番だったと打ち明けることもできなくて、ディリは乱暴に引き立てられていく晄に、心配そうな視線を投げた。

「兄さん、お願い。あまりひどいことをしないで」

せめて、と頼むと、それがアスーラの怒りをいっそう駆り立ててしまう。

「おまえは、こんな目に遭っても！」

「だって、怪我はしていないし……」

言い訳にもならないことを訴えると、アスーラは、ディリの頭を乱暴に胸に引き寄せ、呻くように言葉を押し出した。

「おまえは、優しすぎる」

「だって、僕が彼をここに連れて来なかったら、こんなことは起こらなかったんだ。晄だって被害者なんだよ」

懸命に言いつのるディリに、アスーラが折れた。

「わかった。痛みで喚かせることはしないと約束しよう」

不穏な響きの残る声で誓った。

「だが、その代わりおまえも約束しなさい。二度とあの男に逢わないと」

「でも……」

「それが条件だ」

きっぱり言われて、ディリは瞼を伏せながら頷いた。今は晄を責められないようにすることの方が優先する。彼を逃がす手段は、またあとで考えよう。

「では、もう行きなさい。サルマン！」

呼ばれて進み出てきたサルマンは、青ざめた顔をしていた。自分の失態で、ディリを危険な目に遭わせてしまったと思っているのだろう。

「おまえがついていながら」

案の定アスーラに責められて、サルマンは言葉もなく項垂《うなだ》れる。

「違う。サルマンのせいじゃない。僕が晄と話したくて彼を撒《ま》いたんだ」

またもや相手を庇うディリに、アスーラはほとほと呆れたと言わんばかりに首を振る。

「もういい。サルマン、次はないぞ」

「はい、この失態はいつか必ず償います」

アスーラが顎をしゃくり、ディリはサルマンに伴われて、自分の部屋に向かった。途中、立ち止まってちらりと振り返って見た兄は、晄が連れて行かれた方向を、ぞっとするほど険しい表情で睨みつけていた。

正直に、これが企みであったと告げた方がよかったのだろうか。そうすれば、晄は逃げるチャンスはなくなるにせよ、これほどの憎悪を兄から向けられずにすんだかもしれない。

気性の激しい兄は、好悪の振幅が大きい。愛すればとことんのめり込むようにして愛し、憎むときも底なしに憎む。一度は共闘していたカシムがサウディンと和解したとき、それまで尊敬し目標にしていたほどの彼を、殺そうと思い詰めるほどに憎んだ。

その激しさをそのまま暁にぶつけたら。

いや、兄は約束してくれた。痛みで喚かせることはしないと。

思いを残しながらもディリは、サルマンに促されて歩き出した。


気持ちが波立つままに『寵姫の間』に入ったアスーラは、言いつけ通りベッドに四肢を繋がれた暁を見下ろしてにやりと笑った。それはまるで、捕らえた獲物をいたぶろうと、手ぐすね引いて待ち構えている獰猛な肉食獣のように見えた。

繋がれるまでさんざん抵抗した暁は、あちこちに擦り傷を作っていた。力尽きて、屈辱的な格好で拘束されてもまた気力は衰えず、入ってきたアスーラを睨みつけている。

「そのプライドがいつまで保つか」

逢うたびに、怒らされているような気がする。我を忘れるほどの怒りを掻き立てられて、この間は無理やりこの腕に抱いた。相手が男だということもなんの障害にもならず、怒りで膨れ上がった欲望を叩きつける以外に、それを発散する手段を思いつかなかった。これほど感情を強く揺さぶられる相手は、初めてだった。

出先から戻った途端に、弟が人質になったと聞いて、やはりそうきたか、と妙に納得するものを覚えた。もしかしたら潜在意識で、自分はこの騒ぎを予期していたのかもしれない。この男が、おとなしく閉じ込められているはずがないと。

だが現実に、たったひとりの弟に凶器を突きつけているのを見ると、煮えくり返るほどの怒りが先にたった。

晄を取り押さえた部下達は不甲斐なくも息を切らしており、敵の手強さに満足を味わうと同時に、その高いプライドを地に這わせてやりたいと暗い欲望に駆られる。

「二度と逃げないと誓うなら、拘束するだけで許してやろう。それがディリのたっての頼みだからな」

「するもんか。自由の身になるまで、何度でも試みてやる」

ぎりっと歯軋りするようなきつさで言い返してくる。その屈しない精神が、好ましい。

「命があるだけでもありがたいとは思わないのか」

呆れたように言うと、嚙みつくような返事が返ってきた。

「生きているだけでは意味がない！　人間は自由にしたいことができて初めて、生きていると言えるんだ」

アスーラは軽く肩を竦め、

「おまえにはディリの温情は通じないようだ。あんな目に遭わされても一生懸命に庇っていたのにな。……服を脱がせろ」

冷ややかな声で部下に命じた。ナヤムが、一瞬その真意を問うかのような視線を向けてきたが、強く見返してやると、腰のジャンビーアを引き抜いて、暁の側に立った。そして喉元から湾曲《わんきょく》した刃を押し込むと、鋭利な刃先で腰までの布地を切り裂いた。

「おい、よせっ。何をする気だ」

暁が喚いた。ボタンごと切り裂かれた前は、はらりと左右に割れて、白い肌が衆目の前に晒された。

「全部だ、ナヤム」

腰のベルトも断ち切られ、「やめろ！　よせ！」と絶叫する暁にはかまわず、淡々と衣服が取り除かれる。周囲を囲んだ部下達は、無表情にその光景を見ていた。

ここの持ち主だった寵姫も、こんな風にして身体を開かれたのだろうか、とアスーラは肌を覆っていた布をすべて剝ぎ取られて、全裸を晒す暁を、冷ややかな眸で眺めていた。

「もう一度聞く。逃げないと誓うか」

くそったれ、と喚いたのが、暁の返事だった。そのくせ口よりは身体の方が正直だったと見えて、羞恥で全身が薄赤く染まっている。成人してから、ひと前で裸を晒す習慣などあるはずがないから、彼が感じている屈辱も少しは想像がつく。

「足を開かせろ」

アスーラの命令に、晄がさらに喚くのにもかかわらず、ベッドの天蓋に取りつけられた滑車を使って、膝につけられた鎖が巻き取られる。腰が半ば持ち上がり、足が左右に大きく開かれた。

「このまま引き裂いてやろうか」

足のつけ根の腱《けん》が浮き上がるほど強く左右に開かれて、なおも「引け」と合図しながら、アスーラが脅しをかける。

「よせ。この、変態集団め!」

悪態の限りを尽くしながらも、虚勢の隙間から色濃く恐怖が滲んだ。懸命に足を閉じようと足掻くたびに、鎖がガチャガチャと音を立てる。爪先は、ダンスをするかのように宙を蹴っていた。

「止めろ」

アスーラの合図で滑車の動きがようやく止まった。緊張していた晄の身体から、ほんの少し力が抜けた。しかし腿のあたりから容赦なく開かされて、恥ずかしい部分が丸見えになっている。和毛の中で縮こまっている暁自身とふたつの膨らみ、そしてその後ろの、小さな窄まり。そこは固く閉じていて、以前アスーラをその中に銜え込んだことがあるとは、とても信じられないほどの可憐《かれん》さだ。

「変態、強姦魔！　下ろしやがれ」

男の急所が、白日の下にさらされる羞恥に、意識が向かずにはいられないのだろう。改めて口汚く罵りながらなんとか膝を閉じようと腰を捩らせる。だがそうすることで狭間に生じる淡い陰りが、かえってその部分へ視線を誘ってしまう。本人はきっとわかっていないだろう。羞恥と屈辱がその身に纏わせた危うい艶を。

自身の腰の奥に灯った情欲の灯に、アスーラは苦い笑みを浮かべる。弟を人質に取られて激怒したはずなのに、暁が無意識に放つ媚態《びたい》に影響されて、怒りが別の感情にスライドしていく。黙って見ている部下達の中にも、密かな動揺が広がっていくのがわかった。まず真っ当な性癖の持ち主であろう彼らすら、暁が纏う艶香に惑わされている。今のこれが、ただの報復であるとわかっていながら。

部屋の中の空気が薄くなったような錯覚を覚えた。ひとりひとりの変化は僅かでも、集団になれば、密度は少しずつ高まっていってしまう。

「アスーラ様、どこまでなさるおつもりですか」

ナヤムが堪りかねたように口を挟んだ。淫靡な気配を漂わせ出した部屋の空気が、真面目な彼には、耐えられなかったのだろう。

どこまで……。

アスーラは改めて、全裸で繋がれている晄を見た。歳は二十六歳だと言っていた。だが肌には張りがあり、肌理も細やかで、触れればしっとりとこの手に馴染む。浅黒い肌の自分に抱かれて、白い身体を魚のように撥ねさせていた。

どこまで、だと？　決まっている。晒されたあの秘めやかな蕾に、昂った自身を押し込んで、快楽で悶え狂うさまを見るまでだ。

「アスーラ様」

両脇で、拳を握り締めて衝動を抑えていたアスーラを、もう一度そっとナヤムが促した。

「解散させてよい。こいつは、しばらくこの状態で放置しておく」

ほっとしたような気配が流れた。ドアが開き、部下達が硬い表情のまま出て行く。息苦しいほど濃密に高まっていた部屋の空気を、外の風が吹き込んで散らしていった。

「おい、行くんなら、これを解いて……」

言いかけた晄は、アスーラがベッド脇に立ったのを見てごくりと言葉を呑み込んだ。

「ぶざまな格好だな。ひっくり返った蛙のように見えるぞ。広げた両足の間に、何を銜え込みたい？」

「うるさい。とっととこの鎖を解けよ。もう十分に見ただろうが」

「十分、ではないな」

「なんだと……、おいっ、何をする気だ」

大きく開かれ露わになっている腿の合わせ目に、アスーラがすっと指を滑らせた。腰が自然に揺らめいて、鎖が耳障りな音を立てる。

「よせ……、やめ…っ」

一本の指が蕾の周囲を一周し、そのままじりじりと上を目指していく。柔らかなふたつの球を突ついたあと、アスーラの指はまだ微睡《まどろ》みの中にある晄自身に行き着いた。

「頭を擡げている」

指が何度か往復しただけで、晄のそこは熱を持ち始めた。

「無理やりこんなざまにされても、触られれば感じるのか。淫乱だな」

ばかにしたように、アスーラはゆるゆると勃ち上がる先端を指先で弾いた。

「……っ」

途端に走った快感に、晄は息を呑む。自分でも信じられなかった。腰のあたりがじわりと痺れ、腰間に力が集まり始める。みるみる膨らみを増すその部分を、自分の眸で見て、暁はぎりっと歯を食いしばった。かなりの角度まで腰を持ち上げられているので、見たくないのに見えてしまうのだ。

「確か、ここの感度もよかったな」

勃ち上がったそこから指を離して、アスーラが次に狙ったのは申し訳程度に胸についているささやかな突起だった。肌色の少し濃いくらいの色だったのに、弄っていると次第に鮮紅色を帯びてくる。

「う、ぁ……」

小さな突起が固く芯を持って立ち上がり、指先で揉まれると、じいんと痺れが走り抜ける。最初は一方だけ嬲られていたが、すぐに両方を一度に摘み上げられた。爪の先端に挟まれて、千切れるかと思うくらいに引っ張られる。

「いたっ……痛い。やめ、ろ」

鋭い痛みに息が詰り、制止しようとする声も途切れがちになる。少しでも乳首にかかる負担を減らそうと、自然に背中が反り上がった。

「ううう……っ」

逃れようと身体を捩り、手枷から延びる鎖を握り締める。

唐突《とうとつ》に、乳首から指が離れ、暁の身体もどさっと落ちた。力なく閉じた眸の眦には、苦痛のあまり涙が滲んでいた。乳首はじくじくと痛み続け、不足していた息を取り込むために、荒い息で胸が激しく上下する。

アスーラが面白そうに視線を下肢に流す。

「気持ちいいみたいだな」

「何を、ばかな」

痛めつけられていいはずがないだろうとぱっと眸を開けて、アスーラを睨む。それにばかにするようなせせら笑いを返して、アスーラが、快楽に震える正直な部分を軽く握った。

「ほら、もう濡れている」

先端にぷっくり浮き上がった雫を親指で塗りたくられる。耳を塞ぎたくなるような粘着質な響きがあがった。

「う、うそ、だ……、やめ……、んっ」

怒鳴ろうとした声が、急所を擦られる弾みで甘く掠れた。身体を捩ると、鎖が耳障りな音を立てる。

「弟に痛みで喚かせることはしないと約束した」

アスーラが上半身を屈めてきて、耳元近くに息を吹きかけた。ぞくっと背筋に電流が走る。

「だから、狂うほどの快感で喚かせることにしよう」

言い終わるとベッドに膝を突いて乗り上げてきて、自らの衣服に手をかける。黒いカフィーアを取ると、漆黒の長い艶やかな髪が現れた。ぱさりと上着が投げ捨てられ、浅黒い肌が露わになる。服を着ているときは細身に見えていたのだが、こうして晒されるとそれはやはり戦士の身体だった。鍛えられた胸筋や、盛り上がった上膊筋《じょうはくきん》に息を呑む。

「……よせ」

悔しいが、制止する声が震えていた。あの屈辱の夜の記憶は、忘れたことがない。抗いながら快感に流されて、どろどろになるまで溶け合った。淫らに腰を振ってねだった言葉が、耳をついて離れない。男として最大の屈辱を与えられながら、理性を押し流した本能は歓喜していたのだ。

「ちゃんと見ておけ」

またもや自分を陵辱しようとする相手を見ていられなくなって顔を背けると、顎を摑まれて無理やり引き戻された。

「おまえを抱く男の顔だ」

緑色の炎が、額の奥に突き刺さるようだった。至近距離から凝視されて、視線ごと絡め取られる。開かれた足の間に、熱い身体が重なってきた。昂ったその部分が密着して、相手もすでに欲情していることを教えられる。

どうして、こんなことに。

もつれた運命の糸に翻弄されているように思える。二度と逢うはずのない男だったのに。重なってきた身体から発せられる情報が、敏感な肌のセンサーから脳に伝わる。それだけで過去の記憶が肌をざわめかせた。この身体の温もりと重みと肌触りは、快感の記憶と密接に繋がっているのだ。

ねっとりと耳を舐められた。舌で舐り回されて、歯を立てられる。

「っ……」

ちくりと痛みが走って、声が漏れた。反対側の耳も同じように愛撫される。股間は無惨なほど広げて固定されているので、その都度自身の昂りがぴくぴくと反応するのを隠すことができない。

アスーラは唇を歪めながら、ときおり暁のその部分をわざわざ確かめにくる。そして軽く刺激したあとは、物足りなさに呻き声が出るのを懸命に堪える暁の反応を尻目に、新たな快感のもとを探り始めるのだ。

耳から、じわりと下っていった唇は、喉をひとしきり噛んで舐めてから、一番の弱みである乳首をじっくりと攻略し始めた。

先程痛みを感じるほど摘み上げられたそこは、触れられることに過剰なほどの反応を示す。固く芯の通った先端を舌で押し潰されると、堪えようもなく背筋が反るし、ソフトに唇の間に挟まれると、腰が揺らめいてしまう。途中でわざとのように歯を立てられて、

「ぁぁあ……っ」

と嚙み殺しきれない声が出てしまった。

「いい声だ」

ほくそ笑まれて、二度とアスーラを満足させてやるものか、と固く歯を食いしばるのだが、その乳首を今度は舌を絡めながら強く吸引されると、閉ざしたはずの唇がするすると解けていってしまう。

「ん、んん…、ぁ……」

唾液を塗せられててらてらと光る熟れた乳首は、胸の先端で淫らに自己主張していた。触れてくれと、突き出したそこは、触れられるとぴりぴりと過剰に反応する。全身にとろりと広がる快感の波動は、晄の雄をさらに固く硬直させる。

「かちかちじゃないか。つらいだろう」

さらりと触れられて、それだけでイってしまえそうな波が押し寄せる。無意識に腰を突き出すと、途端に根本をぎゅっと縛められた。

「ああっ」

快感と苦痛が一度に押し寄せて、晄は堪らず腰を揺すっていた。鎖が激しく音をたてる。

「……イきたいか」

唆《そそのか》すような誘惑の声が耳元に吹き込まれる。

イきたい、イきたい……。

夢中で頷こうとして、擦り切れかけた理性がそれを止める。

言うものか、絶対に。アスーラに膝を屈する真似は、しない……。

切れるほど唇を嚙んで、その痛みで自分に理性を取り戻す。

「イきたい、のは……、そっち…、だろう……」

からからに干からびた喉から無理やりに言葉を押し出して、アスーラを挑発する。アスーラ自身もはち切れんばかりになっていることは、身体が重なっているからよくわかる。

「そうだな。おまえの悶える姿が、俺の官能に訴えてくる」

言うと半身を起こして、晄の目の前で自身を扱いて見せた。じわりと白い蜜液が滲むさまを見せつけて、にやりと笑う。

「も、悶えて……ない…っ。そんなもの、見せるな……。あ、ぁぁ…、んっ」

逆襲されて、思わず嚙みついた。が言い終わる前に、乳首をぎゅっと摘まれて甲高い声が漏れてしまった。全身にびりびり走る快感に、がくがくと腰が揺れる。仰け反って悶え、アスーラにその艶やかな肢体を披露してしまう。

「それだけで、俺はイけるな」

さらに乳首を捻って暁を呻かせながら、アスーラは自身を擦り立てて、その言葉を実証して見せた。

「……っ、な……っ」

逞しい砲身から、どくっと吐き出された白濁が、暁の顔に直接かけられた。それでも足りずに、胸と腹を汚し、重力に従って伝い落ちていく。

「俺の味はどうだ」

砲身から搾《しぼ》り取った液で濡れた指を、アスーラは笑いながら暁の唇に押し当てる。

いきなり男の精液をかけられた暁は、言葉をなくして茫然としていたが、口の中に彼の指を感じて我に返り、咄嗟に噛みつこうとした。

「おっと」

アスーラはその気配を察して、素早く指を引いた。

「今度はおまえの番だが……」

言いかけて、にやりと笑う。

「簡単にイかせてもらえると思うなよ。快感を長引かせて、狂うほどの悦楽で喚かせてやるから」

と昂りを握られた。そのまま強弱をつけて揉み込まれると、堪えようもなく奥から射精感が込み上げてくる。簡単に相手の手管《てくだ》に乗せられてしまう自身の身体が、悔しくて情けない。暴力で痛めつけられ、気を失うほど鞭《むち》打たれる方がどれほどましか。

そのあとも、眺はアスーラに狡猾《こうかつ》に昂らされ続け、イくことを許されないまま延々と嬲られた。過ぎる快楽は苦痛でしかないとは、この前のとき図らずもこの男に教えられた。

「く…っ、いい、加減に……、しや、がれ」

堪りかねて、喘ぐ合間に罵ると、その態度が悪いと、昂りの先端に爪を押し込まれる。

「……っうぅ…」

痛いはずだ。なのに、神経から送られる信号が脳で交錯して、眺の身体はそれを快感と認識してしまう。ずきっと走ったはずの痛みが、イきたいという欲求をさらに増幅させ、爪で広げられた先端から、イけないで溜っていた夥しい白濁が溢れて幹を伝った。

「ここは、俺を覚えているか」

その粘りを纏わせた指が、後ろの蕾に伸びてきた。

指一本も、呑み込めそうもない狭い隘路。濡れた指は、その窄まりを引っ掻いて、むず痒さを生じさせる。

「はしたなく開いて俺を呑み込み、思う存分貪っていたな」

揶揄されても、晄にはもう悪態を吐く余裕がない。口を開けば、出るのは嬌声だろう。撓りきった昂りは、根本を押さえられて腫《は》れ上がり、イきたい、イきたいと、怒濤《どとう》のような欲求を滾《たぎ》らせる。乾いた唇を舐めながら、何度も「イかせてくれ」と言いかける。最後のぎりぎりのところでそれを止めているのが、僅かに残った矜持《きょうじ》だったが、それもすでにすり切れかけていた。

「ん…、あっ、ぁぁ……」

もう一度唇を噛んで自分を正気づかせようとしたが、傷ができる前に快感に喘がされて叶わなかった。圧倒的な欲望の前では、プライドも理性も、跡形もなく吹っ飛んでしまう。それが肉体を持つ人間の定めなのかもしれない。

晄がイけないで悶えている間に、アスーラは着々と小さな蕾を攻略していた。

一方の指で前をあやし、気をそらせながら、奥をくつろげる指は、もう三本に増えている。前回の交接でわかっている過敏なスポットはさらっと触れるだけで行き過ぎ、悦楽を貪ろうと蠢動《しゅんどう》する晄の内部の動きを利用して、自身を呑み込めるほど中を広げる。

本能に忠実な中の襞は、晄の意識とはすでに別の所にあった。指を味わい、締めつけ、勝手に快感を得ては、やがて指では足らないと訴え始める。身体が溶けそうになるほどの快楽を与えてくれた、太い杭《くい》が欲しいと。

アスーラの指がゆっくりと引いていく。そしてあてがわれた昂り。切望していたそれの感触に、頭の中が真っ白になった。先端の太い部分をぐいと押し込まれて、息を詰める。ものすごい圧迫感で、呼吸もままならない。

「あっ、うああっ……、あぁぁ…っ」

容赦なくそのまま入り込んでくる質量に、内臓が押し上げられた。灼熱の杭はすぐに過敏な部分まで達して、苦しさと、押し寄せる快感の波に翻弄されて、無意識に逃れようと身体がのたうった。がくがくと身体を痙攣させるたびに、鎖がひっきりなしに音を立てる。

「や、め。もう……、挿れ…な……で」

頭を振って、それ以上挿れるのはやめてくれと訴えた。

限界まで広げられたその部分は、痛いのを通り越して熱く爛《ただ》れている。呑み込んだ太い杭に、内部の繊細な襞は歓喜の声を上げてじわじわと巻きつき、二度と放さないと締めつける。

その部分から広がる快感が、根本を押さえられて遂情《すいじょう》を阻《はば》まれている昂りを切なく揺らす。

「よし、入ったぞ」

掠れた声に、晄はぼんやりした視線を向けた。苦痛と快感の狭間で込み上げた涙が、薄い膜を張って相手の顔を見えなくしている。軽く腰を揺すられて、言葉どおり、奥の奥まで相手の熱塊が入り込んでいることを教えられた。

眦《まなじり》に溜っていた涙が、数滴零れ落ちた。踏みにじられたプライドと、叩き潰された矜持、そして男に抱かれて快感を得ている自分への情けなさが、晄の胸で鬩《せめ》ぎ合う。

「少し緩めろ。これでは動けない」

ぱんと軽く尻を叩かれて、できないと力なく首を振る。

「晄」

苛立たしげに催促されて、晄はもう一度首を振った。勘弁してほしかった。ここまで貶められて、これ以上は耐えられない……。

「ならいい、俺が勝手に動く」

宣言するなり、アスーラは腰を蠢かした。

「あ……っ、ぁぁ」

奥深くまで押し込めた自身を抜き取りにかかり、半ばまで引き出してから、また一気に押し込んだ。

「やあ……っ」

その動きを最初はゆっくり、そして次第に速度を速めていく。挿入の衝撃でも、いっこうに萎えなかった暁自身から、とろとろと蜜が伝い落ちる。指では不十分だった暁の弱みが、太い幹で容赦なく擦り上げられた。

「いやあぁぁ」

同時に今まで堰き止められていた昂りが解放され、奥をひと突きされるだけで、止めようもなく最初の爆発を迎えてしまう。我慢に我慢を強いられていたせいか、勢いよく噴き出したあとも、白濁はだらだらといつまでも零れ続けた。

「あっという間だな」

苛立たしさをそのままぶつけるように、アスーラが嘲りの言葉を浴びせる。達したときに急激に内部が収縮して、危うく持っていかれそうだったのに腹を立てたのだ。息をつき、衝動をなんとか踏みとどまると、まるでその仕返しのように、内側から激しく揺さぶった。突いて引く、引いてまた突く。それに腰を回す動きが加わると、また暁自身が熱を持ち始める。

「あ、あ……」

揺さぶられて、快感に啼かされる。とろりと蕩けた内部から、全身を包み込む法悦の波が広がり、アスーラが腰を動かすたびに、一段ずつそれ以上の高みに押し上げられていく。暁を堰き止めて喚かせる余裕は、もうアスーラにもないようで、勃ち上がって震える昂りは、腰と一緒に切なく揺れていた。

動きがさらに速くなり、押し寄せる快感の濁流に呑み込まれてふいに天空へ放り出された。

「あああああっ」

長い絶頂感が続き、それは昂りからの放出を終えても終わらなかった。それどころか、アスーラが達して中に夥しい蜜液をぶちまけると、過敏な内部がそれに反応して、さらに押し上げられた高みから下りられなくなってしまった。

絶頂で強張った身体はいつまでも痙攣を繰り返し、身体の内側で、達したはずのアスーラを瞬く内に復活させる。

「くそっ」

相手に引きずられるのは不本意だ、と言わんばかりにアスーラが舌打ちする。膨れ上がるアスーラの熱塊に刺激されて、暁が苦しそうに呻いた。

「う……、うぅっ」

立て続けの絶頂で息も整わず、身体の疲労も激しい。そのくせ欲望だけは忠実に育っていく。アスーラが腰を揺すると、ひくひくと頭を持ち上げてきた。

腰を吊り上げられているせいで、真上から突き刺さるようなアスーラの雄は、晄の奥深くまでを犯し続ける。全身にうっすらと汗をかいた艶《なま》めかしい肢体は、アスーラの欲望を誘って止まず、抱き潰さんばかりに責められてついには失神させられてしまった。


ぐったりした身体の奥はそれでも蠢動を続けていて、強く収縮してはアスーラを呻かせる。自分が啼かせるはずが、してやられた気がして不快でならない。入り口は狭いのに中は熱く蕩けている晄の裡に包まれると、どこまでも流されそうな自分がいた。そうしてこれまで感じたこともない悦楽の奔流に巻き込まれ、抗いようもなく最後の瞬間を迎えてしまったのだ。

「この俺が、なんとしたことだ」

苛立たしさのまま乱暴に自身を引き抜き、ぐったりしている晄を見下ろす。無茶苦茶に揺すぶって痛めつけたい気持ちと、疲労で青ざめた頬をそっと撫でて労りたいという気持ちが、代わる代わる込み上げてくる。

あちこちに花びらのような薄赤い痕が散っていた。甘噛みして吸い上げると、感じて淫らな声を漏らす、暁の弱いところだ。特に念入りにいたぶった乳首は、まだ硬さを失っておらず、通常の仄《ほの》かな桜色から扇情的な赤に変わっていた。

顔や胸にアスーラの白濁がこびりついている。そしてあられもなく広げられた狭間からは、アスーラが中に叩きつけた蜜液が、たらりと零れてきた。そのすべてが、色白の身体を艶めかしく見せている。見ているだけでまた欲しくなり、足りない、と内側からわき起こる果てしのない欲望に、アスーラ自身が戸惑いを覚えた。

「どうして……」

この男に、これほど惹きつけられるのか。気力の続く限り逆らい続ける態度が、新鮮なのだろうか。

このまま側にいたら、また手を伸ばしそうな自分が腹立たしくて、アスーラは起き上がると下だけ身につけ、ベッド脇の装置を操作して、吊り上げたままの暁の腰を下ろしてやった。そのあとで入り口のドアを開けに行く。

彼を警護する役目を持った男達が、部屋の外で待機しているはずだ。中で何があったかも知られているだろう。彼らに、乱れたベッドを片付ける者をよこせと伝言するつもりだった。

しかし、ドアを開けようとして手が止まった。抱かれた気配を漂わせながら横たわっている暁を、誰にも見せたくないと思ってしまったのだ。裸に剝いていたぶったときでさえ、危うい色香を纏っていたのに、濃厚な情事を経験したばかりの暁は、言葉にできないほど艶めかしい。

「俺のものだ」

思わず呟いて、愕然とする。とっさにただの気の迷いだと打ち消した。そのくせドアを背に、浴室の方に向かっている。湯の入っていない浴槽に舌打ちし、面倒だと思いながら温度を調節して湯を溜め始める。あちこちからタオルや着替えを探し出してきながら、

「俺は何をしているんだ！」

苛立ちのあまり、台の上にそれを叩きつけた。

しかし、振り返ってぐったり横たわる暁を見た途端、また自然に身体が動いて、腕と足から拘束具を外し寝椅子に移した。そして汚れたシーツを剝ぎ取り新しいのと取り替える。

「……部下が見たらなんと思うだろうか」

自嘲しながら手早くそれらを終えると、寝椅子に移した暁を改めて抱え上げた。そのまま浴室に連れて行く。

宮殿で生活していた頃は、望む前に身辺の雑事はすべて整えられていた。それが当たり

前だと思っていた。今では身の回りのことはできるだけ自分でしているし、やってもらうことを当然とは思わなくなった。当時を知っている者は、彼の変貌にさぞ驚くだろう。戦士として戦うこと、自らの身辺を整えること、簡単な料理の仕方まで教えてくれたのは、カシムだった。彼が同じような境遇なのだと知って、その不屈の精神に魅せられた。見習いたいと思い、尊敬の念も抱いていた。その彼が、今ではサウディンの第三位の王位継承者だ。

「あれは、手ひどい裏切りだった……」

アスーラは軽く首を振って、埒《らち》もない物思いを振り捨てる。

今では、彼にもわかっていた。「潮時、というものがある」と言ったカシムの言葉の意味が。アスーラ自身、近いうちに決断の時を迎えるという予感がしている。このまま現状維持で進むか、あるいは新しい道を模索していくか。

『自分の誇りや面子《めんつ》だけでなく、率いている一族のことも考えなくてはならない』

実感を込めたカシムの言葉は、重くアスーラの胸に残っている。

「そういえば、カシムも日本人の男とわけありだったな。あのときは男を相手に愛だの恋だのと、ばかじゃないかと思ったが」

腕の中でぐったりしている暁を見ていると、胸の奥から込み上げてくるものがある。

最初に無理やり押し倒したとき、「忘れろ」と相手に言いながら、心のどこかで忘れかねていた。二度と逢うはずのない男のことが、なぜこんなに気にかかるのだろうかと、何度も疑問に思った。

カシムにとってあの医者が、手放せない大切な宝であったように、もしかすると彼が、自分にとってそういう存在になるのかも。

意識した途端、慌てて頭を振る。

「冗談じゃない。俺はカシムと違う。男になど、心を奪われて堪るものか。しかも逆らい続け、こちらの意のままにならず、隙を見れば逃げ出そうとする男になど」

自分を拒んで逃げようとする暁を思い出すだけで、ひどく苛ついてくる。

逃げる……?

アスーラは、意識のないまま眸を閉じている暁を凝視した。

「逃げたくない、俺の側にいたいと、こいつ自身に思わせればいいのか……?」

カシムの住むオアシスを急襲したとき、銃を突きつけられながらも決して離れないと誓っていたあの医者のように。

たった今味わったばかりの蕩けるような悦楽の記憶が、アスーラの唇を淫蕩《いんとう》に歪ませた。

「無理やり抱いても、あんな反応をするんだ。俺のことを嫌いだとは言わせない。それを認めさせることができれば」

適度に溜った湯に、晄を抱えたまま浸かった。汗や体液で汚れた身体を洗い流し、中に放った自身の白濁を掻き出している途中で、晄が気づいた。

「……触るな」

ぱしんと腰に添えていた腕を叩かれる。力が入らないのだろう、蚊が止まったほどにも感じない。横抱きにして足の間に手を入れていたから、暴れられると困ったことになるのだが、この調子ではたいした抵抗もできないだろう。

アスーラはかまわず残りの作業に没頭した。そこがまだ窄まりきっていなかったのと、適温の湯で和らいでいたのとの両方で、掻き出すのもさして手間はかからなかった。

「やめろ、放せ……」

晄が弱々しく身動ぎしている間に、アスーラは処置を終えてしまった。改めて膝の上に抱き直す。

「……嫌だ」

足掻くように腕を伸ばして手すりに縋ろうとするのを、腹に回した腕で引き寄せる。

「いい加減に観念しろ」

浮き上がりかかった腰が、すとんと落ちた。

「できるか」

もう一度縋るものを求めて手を伸ばしたが、その腕ごと抱き締められた。アスーラが含み笑いをもらす。

「今のおまえなら赤ん坊でも押さえ込める」

「う、うるさい」

指摘されて、晄が唇を噛んだ。

「現実を見極めることも大切だぞ。毎回腰が立たないとなれば、ベッドから出ることも難しい。ここから逃げ出そうと思うなら、これに慣れることだな」

微苦笑を含んでからかわれる。晄は、反射的に言い返そうとして、言われた内容に引っ掛かった。

慣れる？　つまり、また抱く気でいる？　冗談じゃない！

あらん限りの力を振り絞って、アスーラから離れようと暴れる。それをやすやすと押さえつけられて、結局息を切らすだけで終わってしまった。

「だから、無駄だと言ったのに」

裸で密着しているから、アスーラが笑っているのが、直に伝わってくる。弟を人質に取られたと激怒していたにしては、いやに上機嫌ではないかと不審感を持った。ゆったりと抱き締める腕にも余裕がある。

そのうち彼の手が湯の中で晄の肌を撫で始めた。

「よせ」

一方の腕は腰に回されたままだから、逃げようにも逃げられない。

アスーラは楽しそうに晄の胸を弄っている。滑らかな肌の中で唯一引っ掛かる胸の突起が気になるらしく、何度も爪の先で突つかれる。過敏なまま、まだ余韻が収まりきっていない晄には、ひどく堪えた。

「……頼むから、やめてくれ」

ぎりぎりまで我慢したあげく、晄はついに懇願した。衆人環視の中で辱めを受け、男としてのプライドも叩き潰された。これ以上なくすものなどないと、半分自棄になって口にしたときは、どうせまたせせら笑うだけだろうと思っていたのに、アスーラの手がぴたりと止まった。

「よくないのか」

聞き返されて、何を言っていると背後の彼を振り仰いだ。緑の瞳は穏やかに瞬いて、晄の視線を受け止める。本当に意外に思っているのだとわかって、晄も咄嗟に荒い言葉を投げるのをやめて、なんとか伝わるように説明してみた。

「さんざん弄られて、敏感になっているんだ。触られると、痛い」

「だがさっきは、ここだけでイけるほど感じたじゃないか」

あからさまに言われて、晄がむっと顔を顰める。

「だから！　痛いんじゃないか…」

叩きつけるように言いかけて、これではまた売り言葉、買い言葉の応酬になってしまうと、後半は強いて声の調子を抑えた。

アスーラは、手を止めたまま何か考えていたが、

「まあそうかもしれないな。これだけ赤くなっていれば」

頷いて、手をどけてくれた。

「そろそろ上がるか」

腰を抱えて立ち上がらせてくれたが、膝に力が入らなくてよろけてしまった。

「これはいい。俺の鼻先で腰を振って誘惑してくれるのか。だがあいにく砲弾は撃ちつくしてしまったぞ」

悦に入ったように尻をぽんと叩かれる。

「……ちが…」

誰のせいでこんなになったのかと恨めしい気分で睨みつけたが、それすらもアスーラの

男としてのプライドを擽ったらしい。

　有無を言わさず抱え上げられて、タオルでくるまれたあげくにベッドに連れ戻された。丁寧に水気を拭われて、清潔なシーツの下に入れられる。その横にアスーラがするりと滑り込んできた。

「おっと」

　忘れていたと、さっき外した鎖を取り上げて、互いの腕を繋いでしまう。

「こうしておけば、おまえも逃げられないしな。来い」

　なぜ自由な内に逃げなかったのかと不服そうに鎖を見ていると、腕が伸びてきて、抱き寄せられた。

「もう寝ろ。朝になれば、何かいい知恵も浮かぶさ」

　抵抗したあげくに陵辱されたことは、生々しい記憶として身体のあちこちに残っているのに、この馴れ合った雰囲気はなんだ、と晄は首を傾げる。離れようと身動ぐと、身体に回された腕にぐっと力が入る。

「無駄なことはよせ。体力はいざというときのために温存しておくものだ」

　おまえに言われたくはない、と一瞬反論しかけて、事実このへろへろな身体では、何をすることもできないと、身体の力を抜いた。

おかしい、と訴る気持ちは残っていたものの、全身を襲う疲労と倦怠感《けんたいかん》には勝てず、晄はすぐに眠りに落ちていった。

男の腕の中で目を覚ますなどということが、自分の身に起こるとは夢にも思わなかった。裸のまま、相手も裸の胸に擦り寄るようにして熟睡していた晄は、覚醒すると同時に、前夜の記憶と今の体勢がどっと頭を過ぎって、ぴきんと身体が固まってしまった。

頭越しにアスーラが、副官らしい誰かと話しているのが聞こえるからなおさらだ。眠っている晄を起こすまいという配慮で声を潜めていたので、かえって目が覚めたらしい。

「探している？　晄をか？」

「例の調査隊のひとつに同行していたらしく、砂嵐以来行方不明なので……」

調査隊という部分で、アスーラがふんと鼻で笑う。

「どうせ見つかるはずがないのに、いまだに無駄なことをしている」

「しかし、彼を捜索しているのは警察だけでなく、一部軍が動いているようです」

「軍が？　どうして……」

言いかけて、暁の覚醒に気づいたらしい。アスーラは言葉を切って、顔を伏せている暁の顎をぐいと摑み上げた。そのまま強引に口づけられて、暁は驚いて首を振って逃れようとした。視線を動かした弾みで、側に立っていたナヤムと眸が合ってしまう。

彼らの首領に抱かれて寝ている自分の姿を思うと、かっと頬が熱くなった。ナヤムの表情にも、なんともいえない微妙な影がさしている。

一瞬それに気を取られて抵抗が弱まったのをいいことに、さんざん口の中を嬲られてしまった。息も絶え絶えになるほど貪られて、唇が離れたときは、他へ気を使う余裕もなく、胸を喘がせていた。

「よく寝ていたな。けっこう図太い神経をしているじゃないか」

あんなことがあったあとで、と言外に仄めかされて、ナヤムもまた、昨夜あられもなく四肢を開かれた自分を見ていたのだと思い出した。身の置き所のない羞恥に、暁は俯いたまま唇を噛んだ。濃厚なキスのあとで、その唇が唾液で濡れているのもやりきれない思いを増幅させる。

「それで？　軍が動いたというのはどういうことだ？」

暁の羞恥や、ナヤムの複雑な表情に頓着《とんちゃく》するようすもなく、アスーラは話の続きを促した。

「上層部の誰かにコネがあるのでは？　他国人を調査隊に参加させるというのは、かなり特殊な例ですから」

「暁、どうなんだ？」

誰が素直に答えるか、という抗議を込めて睨み上げる。アスーラは昨夜自分にどれだけ無体な振る舞いをしたのか、忘れてしまったのだろうか。

視線をきつくして身体を硬くしている暁に、アスーラは軽く肩を竦めた。

「どうやらご機嫌を損じたらしい。恋人の機嫌を取るのは、なかなか難しいものだな」

「なっ……！」

恋人!?　いったいどこをどうしたらそんな言葉が出てくるのだ。

アスーラの口から出た言葉に驚愕したのは、暁だけではなかった。

「アスーラ様……」

言いかけたナヤムも、絶句して顔を引きつらせている。

「どうしたんだ、素《す》っ頓狂《とんきよう》な顔をして」

そのナヤムの顔がよっぽどおかしかったのか、アスーラが軽い調子でからかいながら、ぐっと暁を抱き寄せた。

「愛おしんで、一晩中抱いた。暁も甘く啼いてそれに応えた。だったら、恋人と呼んでも差し支えないだろう」

「……彼は虜囚だったのでは」

昨日激怒して、暁を容赦なく扱ったところを目に焼きつけているナヤムには、納得がいかなかったらしい。

「もちろん、彼は虜囚だ。ただし、こうして鎖で繋いでいる俺自身の、だが」

納得がいかないのは、暁の方が断然強い。背中に回されていた腕を力任せに振り払い、怒りのままに上半身を起こした。

「何を言う、無理やり縛りつけて好き勝手したくせに、そのどこが……っ」

言いかけた言葉は伸びてきた指に、胸を摘まれて喉の奥に消えてしまった。

「う……、くう…っ。ぁ…はぁ」

爪の先で悪戯《いたずら》されると、痛みと同時に快感が背筋を震わせる。思わず身体を仰け反らせた暁の滑らかな項《うなじ》をそっと撫で、

「綺麗だろう。身体中に俺の印を刻みつけて、触れるとこうして甘い声で啼く。後始末も我が手でこなした。風呂も入れてやり、こうして懐で憩わした。恋人と思わねば、一指も動かす俺ではないぞ」

起こした上半身を、強引に腕の中に引き戻される。

「……っ」

勢いよく引かれたものだから、胸に額を打ちつけてしまった。

「軍の動きを監視しておけ。おかしな動きがあったら、すぐに手を打とう」

眺を抱いたまま、平静な声でアスーラは指示を出す。逃れようとじたばた身体を動かしている眺を、なんなく腕の中に押さえつけながら。

「……わかりました」

一瞬返事が遅れたのは、ナヤム自身複雑な感情を持て余していたからなのだろう。それでも最後は忠誠心が勝り、彼は恭しく頭を下げると部屋を出て行った。

彼が出て行くと、アスーラの拘束もふいに緩んだ。ようやく身体を引き離すことに成功した眺は、今度こそ起き上がって、射殺さんばかりの激しい眼差しでアスーラを睨みつける。

「いったい、何を企んでいるんだ」

それしかないと詰ると、

「何を言っている。企みなどあるわけがない」

「じゃあどうして、あんな嘘を……」

「嘘？　なんのことだ？」

「……こ、恋人だって」

さすがに言葉に詰った。屈辱と羞恥がわき上がる。

「その通りだろう？　俺の腕であれほど乱れてみせたくせに」

感じただろうと指摘されると、うっと詰ってしまう。しかし晄からすれば、無理やりされたことなのだ。身体を奪った相手にそんなふうに平然と嘯《うそぶ》かれたくない。しかも逃れた獲物をもう一度腕の中に収めようと腕を伸ばしてくるのに、誰がおとなしく従えるものか。

ぱんとその手を振り払い、

「どうして、そんなことになるんだ！　そっちのしたことは、強姦じゃないか！」

怒鳴りつけても、

「威勢がいいな。その新鮮な反応が楽しい」

にやにやと笑っている。

「俺は、あんたを楽しませるためにここにいるわけじゃない。ひとの自由を勝手に奪っておいて、何が恋人だ！　おかしいんじゃないか」

思い切り喚くと、じっとこちらを凝視するアスーラの視線に気がついた。間違ったことは言っていないのに、なぜかその瞳の強さに怯んでしまう。

「……しかし放せば、おまえは手の届かないところに去ってしまうだろう」

ようやく視線が逸らされてほっとしたときに、長い睫毛を伏せ気味にそんなことを言われると、こっちが責められている気になる。ひどいことをされたのは自分なのに、どうしてそんな理不尽な気持ちがわいてくるのだ、と晄は唇を噛む。アスーラにはきっと何か思惑があるんだ。目的があってわざとこんな態度を……。

「初めて逢ったときから、忘れられなかった。二度と逢うはずがないとわかっていながら。そのおまえが、ここに現れた。俺にとっては、神のお導きとしか思えない」

それなのに、急にそんなことまで言われると、勝手すぎると詰りながらも、その言葉に胸が熱くなった。

「そんな勝手な言いぐさがあるかっ。あんたが俺にしたことを考えてみろ。それでどうして、そんな台詞《せりふ》が出てくるんだ」

「おまえは、簡単に俺を怒らせ、思ってもいない行動を取らせる。昨日は弟を人質に取ったおまえに激怒していた。最初のときだって、あそこまでひどいことをする気はなかったんだ。ただ部下の写真が本当に存在するのか、それを確かめたくて責めていたら、おまえがあまりにも強情に反抗するから……」

晄は黙り込んでしまった。そんなふうに言われれば、確かに煽り立てて自分から窮地に追い込まれていった気もしないではない。

写真がないことをすんなり白状していたら、ああいう展開にはならなかっただろうし、今回もディリを人質にしなかったら、ここまでひどいことはされなかっただろう。

現に最初のうちは部屋に閉じ込められただけで、食事もちゃんと与えられていたし、拘束されたり痛めつけられたりはしなかった。

けれども、実際に繋がれて無理やり身体を開かれる辱めを受けた今、理屈で相手を許せるほど暁の心は広くない。気を緩めればすぐ、あの生々しい記憶が蘇って、淫らな肢体を晒し喘いで、恥《はじ》も外聞《がいぶん》もなく啜り泣いていた惨めな自分が蘇る。自分で自分が許せないし、そんなところへ追い込んだアスーラも許せない。

「おまえは嫌いな男にされても感じるのか」

暁の拒絶をその強張った肌から感じ取ったアスーラが、今度は別の角度から攻めてきた。

「俺になんの気持ちも持っていないなら、男に突っ込まれて最初からあんあん言うはずがない」

「あんあん、なんて言っていない！」

咄嗟に噛みついていた。

「そうか？　本当に？　たとえば他の男にあんなことをされたと考えてみろ。あそこまで反応するものだろうか。俺だから、だったのだろう？」

「……っ」

覗き込まれて、表情を見られるのが嫌で顔を背けた。

「俺だって、男が好きだったわけじゃない。おまえだから、欲情した」

あからさまな言葉をぶつけられて、顔が赤くなった。

自分で自分がわからない。ひどいことをされたのは事実なのだ。許せるものか、と思うのに、「おまえだから」という台詞にほだされる部分がある。

「ここを知っているおまえを、解放してやることはできない。部下達の前で、正当におまえを拘束できるのが、俺は嬉しい。抱き締めて思う存分可愛がることもできるし」

かあっと、今度こそ晄は真っ赤になった。

「大丈夫だ。次は最初からおまえとふたりだけだ。あんなに色っぽいおまえを見せては、目の毒だからな」

アスーラの口から出てくるとんでもない台詞に、晄は口を開けたまま言葉に詰った。怒鳴ろうとしていったい何から怒ったらいいのか。そして怒りで頭が沸騰《ふっとう》しそうなほどなのに、胸の奥にはどこか甘やかな感情が潜んでいて、完全に混乱させられていた。

「……ディリは…」

波立つ気持ちを無理やり抑えて、ずっと気になっていたことだけをようやく口にする。

「ディリ？　部屋で謹慎《きんしん》しているだろう」

「罰は。与えないのか。油断して俺に人質にされた……」

「我が弟に？　まさか。反省さえすれば、それでいい」

そうだった。アスーラは自分にはとんでもないことをしてくれた男だが、自分の懐にある人間は、部下も含めて大切にするやつだった。そのためには平気で自らが危険を冒す。配下の人間にとっては堪らない主だろう。

ディリに障りがないことで、心の一部がほっと安堵した。

「ただし、おまえには逢うなと厳命した。あれの優しさにつけ込むことは、二度と許さない」

その部分だけは、厳しく宣告される。


虜囚の生活が続く。いや、虜囚というよりは、待遇は完全に寵姫のそれだった。凝った刺繍《ししゅう》の施された絹地の衣装が何枚も届けられ、抵抗する眺を、面白がったアスーラが捉えてどれが似合うかと検分される。さすがに女物ではないけれど、普段シャツとジーンズで走り回っている暁にすれば、ごてごて飾りのついたこの土地の衣装は鬱陶《うっとう》しいだけだ。

「その赤い髪にブルーはどうかな」

などと言われながら極上の絹でできた白い長衣を着せられ、銀糸の折り込まれた色鮮やかな空色の上着を羽織らされる。光が当たると、上から下まで煌めきが走り抜ける豪華なものだ。襟元にはここで取れるアレキサンドライトが縫い取られていて、青緑から赤紫にと複雑な光を放っている。

さらに飾り帯を腰で結ばれて、ジャンビーアが吊された。華奢《きやしや》な柄《え》のそれは、武器になりそうもない代物に見えたが、引き抜けば鋭い刃を持っている。

「こんなものを俺に持たせて、危険だとは思わないのか」

アスーラの思惑を計りかねて、鞘から引き抜いた銀の刃を振りかざすと、彼は避けようともせずにその胸を晒してくる。

「おまえに刺し殺されるなら、それでもいい。それだけのことを俺がしたというなら、仕方がないだろう。できれば苦しまないように、心臓を狙ってくれるとありがたい」

笑いながら言われて、「本気にしていないな」と睨みつけると、

「本気だとも」

アスーラは手を伸ばして暁の腕を摑むと、そのまま自分の身体に引き寄せた。

「……！　よせっ」

ジャンビーアの刃先を逸らさなければ、危ないところだった。

「危ないじゃないかっ」

怒鳴りつけても、アスーラは笑うだけだ。そして気がつけばその胸の中にすっぽり包み込まれて、悪戯な指が胸元を探りに来ている。

「やめ……っ」

慣れた愛撫に身体はすぐに反応した。あっという間に、布の上からまさぐられて弾き返せるほどに硬くなるし、そこから快感の波が広がっていくのも早い。

「あ、あぁ……、んっ」

後ろから項に口づけられて堪らず身体を捩る。布が擦れる感触で肌がざわめいた。

股間でゆるゆる勃ち上がるものを、アスーラが確かめにくる頃には、眺は立っていられなくなって凭《もた》れ掛っていた。

「早いな」

揶揄されたのは、先端に蜜を滲ませているのを悟られたからだ。

「だ、れの……せい、だ」

責める言葉も、すでに喘ぎ声になっている。

「俺のせいだな。大丈夫、ちゃんと責任は取る」

抱き上げられてベッドに運ばれ、今着せられたものを脱がされる。

「男が恋人に服を贈るのは、それを脱がせたいからだというのは、真実をついているな」

自分で結んでやった飾り帯を解き、上着や長衣をまとめて取り去ってしまう。

「やめろ、よせっ」

と暁が抵抗する間にも、アスーラは手際よくことを進め、やがて裸の胸が覆い被さってくる。息が切れてもがくだけになってしまった暁のあちこちを、アスーラの手が触れて通り過ぎる。そのあとを唇でねっとりと嬲られると、艶めいた喘ぎ声を上げて仰け反ってしまうのだ。

最初は嫌だと力の限り抗っているのに、的確に施される愛撫に、最後は身体が屈服する。押さえ込むアスーラに力で敵わない上に、蕩かされて悦んでしまう自分にも、暁の自尊心は傷ついていた。

アスーラは、暁が抵抗しても無体な真似は二度としなかった。暴れる暁の急所をやんわり押さえて愛撫を繰り返し、堕ちてくるのを待っている。無理やりなのは変わらないが、恋人だと宣言したとおり、彼なりに大事にしているつもりらしい。

「おまえは俺のものだ。このしなやかな身体を誰にも見せたくない」

ついこの間衆人環視の中で暁を裸に剝いたくせに、宝石のように煌めく熱い瞳で、そんなことを囁いてくる。冗談じゃないと思いながら、身体はその言葉に敏感に反応してしまう。好きで抱かれているんじゃない、と喚きながらその言葉にほだされる。自分の弱さがほとほと情けなかった。

熱い熱塊で秘所を貫かれ、揺さぶられて快感に啼かされる。

「いや……やぁ。やめ……っ」

嫌だと首を振ると、そのまま引き起こされて、串刺しにされた上に乳首を弄られる。もう堪らなくよくて、恥ずかしい部分を見られながら白濁を噴き上げてしまう。

「あぁぁぁ……っ」

イったばかりの敏感な茎をさらに弄られて、固く閉ざした瞼の間から涙が零れ落ちた。それをアスーラの舌が舐めにくる。

「おまえは、涙すら甘いんだな……」

そんなはずはないだろうと思いながら、蜜のような声で囁かれると、脳髄まで蕩けていく。

精を絞り尽くされてぐったりした身体は、アスーラの手で浴槽に運ばれ、隅々まで綺麗にされてしまう。いったいいつまでこの弄虐は続くのかと、ぼんやり考えている間にも、後始末だと称して弄られた箇所から愉悦の波が広がってくるのだ。

いい加減にしろと呟きながら、暁は諦めの吐息を漏らす。

身支度を調えたあとで運ばれてくる食事も、毎回贅を尽くしたものだった。何人もの従者が常に身辺に侍り、世話をしようと待ち構えている。アスーラは満足そうに隣に座って、いかにも自分のものだと言わんばかりに人目も憚らず熱い眸を向けてくるのだ。

無理やりにここに拘束されているのだと、何度も自分に言い聞かせなくては、彼の言うように、愛されて止められているのだとうっかり思い込まされてしまいそうだ。

「逃げるなら、逃げてもいい。地の果てまでも追いかけるから」

そんなことを囁きながら伸ばされる腕が、優しく暁を縛める。

鎖も拘束具もない生活。部屋を出て歩き回っても、誰も咎《とが》めない。本気で隙を窺えば、逃げられないこともないだろう。いつかは逃げてやると決心していながら、計画すら立てていない現状が、自分でも理解できなかった。

いつも身の回りに待機している従者を振り切るのが難しい、とか、逃げても誰かの手引きがなければ逃げおおせない、とか。言い訳ばかり降り積もる心の奥底に、アスーラから離れたくないという気持ちが潜んでいるのだとは、死んでも認められない暁だったけれども。

出かけてくる、とベッドから抜け出しながらアスーラが言ったときも、晄は布団の中に潜り込んだまま顔を背けていた。愛撫の痕を身体中につけられ、もう勘弁してほしいと哀願させられた濃厚な夜の記憶が、晄を落ち込ませている。腰の感覚がなくなるまで搾り取られ、快楽の果てを見せられた。

返事などするものかとそっぽを向いていた頬に口づけされ、さらりと髪の毛を撫でられる。

「数日、留守になるだろう。その間に砂金を集めるように命じてある。地下水脈の中に砂金が混じることがあるんだ。心がけて集めれば、結構な量になる。帰ってきたら黄金の風呂に入れてやろう。それまでおとなしく待っていろ」

聞こえないふりをしていたが、黄金の風呂という言葉にがばっと半身を起こした。

「なんだ、それは」

「湯の中に金粉が浮いている風呂だ。動くときらきらと輝いて、綺麗だぞ」

「だから、なんで俺がそんな風呂に！」

「ハーレム一の寵姫だと周囲に知らしめる儀式みたいなものだ。もっとも俺のハーレムにはおまえしかいないけれどな」

怒りでわなわなと震える暁にからかうような視線を投げ、アスーラは笑いながら出て行った。

誰が寵姫だ、と羽枕を叩きつけ、ようやく少し頭が冷えたところで、改めてアスーラが出たあと閉ざされたドアを見つめた。

数日ここを離れるということは、また何か事件でも起こすつもりなのだろう。サウディンとディルハンの両方の国から追われるアスーラは、常に危険と隣り合わせの生活だ。作戦を実行する途中で、どんなアクシデントに見舞われるか。もしかすると二度と彼の姿を見ることができなくなるかも……。

思い当たると暁は布団を撥ね除けていた。シーツを巻きつけるようにしてベッドから滑り降り、がくがくする足でドアまで蹌踉めき走った。

しかし、ドアに手をかけた途端、さっと頭が冷える。

俺は何をしているんだ……。

ドアに背中を預け、眸を閉じる。

強姦されたあげくに監禁され、好き放題されていて、なんであんなやつのことを心配しているのか。

素足の先が冷たくなった頃、晄はのろのろとベッドに戻り腰を下ろした。

俺はどうしたいんだ。

視線を上げると、豪華な天蓋が眸に入ってくる。薄い紗のカーテンが張り巡らされ、手の込んだ刺繍が施されたビロードのカーテンが四隅で止められている、寵姫の寝台。

ここを出たい。監禁されて、抱かれるだけの生活は嫌だ。大切な仕事もある。だが首尾良く逃げ出すことができれば、今度は本当にアスーラとは縁が切れてしまう。彼に逢うことも声を聞くこともできない生活、そして最悪の場合、その死をニュースで知らされる。

心臓を鋭いナイフで突き刺されたような痛みが走った。

「ハ、ハハハ……」

笑うしかない。晄はごろりとベッドの上に転がると、両腕で瞼を覆った。とてもシンプルで簡単な答え。自分の気持ちはとっくにアスーラに持っていかれてしまっていたのだ。

強姦されて監禁されて、それでどうして相手を好きになれるのだろう。

力ない乾いた笑いがしばらく続いて、唐突に途切れた。

許せない。自分をこんな迷宮に陥れて。

強引に、奴隷《どれい》を扱うように手荒にされていたなら、復讐心を滾らせることで忙しく、こんな想いを抱くことはなかっただろう。だが「恋人だ」と言い出してからのアスーラは、彼なりの優しさで暁を愛おしむ素振りを見せつける。

たったそれくらいのことで、こんなに簡単に心は傾いてしまうのか。

暁は自分でも茫然としてしまった。

ひとりで寝るベッドは広々としていて、寝苦しい。抱かれたあとはたいがいアスーラの腕の中で気を失うようにして寝入ってしまい、目が覚めるとその胸に顔を埋めるようにしている。離れようとしても放してもらえなくて鬱陶しいはずだったのに、寄り添う身体がないと寂しい。

一日中暇を持て余したあげく、ふらふらと地下宮殿を彷徨って、ディルハン王家の過去の栄光の跡を眺めて過ごした。宮殿内はすべてが電化されていて、普通に生活しているとここが地下であることを忘れてしまう。思いがけないところにアレキサンドライトの煌めきを見つけて初めて、鉱山の中だったことを実感するのだ。

通路のところどころに明かり取りのため、透かし彫りの工法が用いられている。地上に穿たれた穴から煌めき落ちる陽光が、その隙間から内部に届いて、宝石の色を赤、緑とめまぐるしく変化させる。神秘的な美しさに思わず立ち止まって見ていると、近くのドアが開いてナヤムが現れた。

ナヤム……。

暁は目を瞠った。彼はアスーラの側近ではなかったか。共にあるはずの彼が、なぜここに。もしかして、アスーラに！

思わず彼を凝視していた。するとナヤムは、どことなく気まずそうに視線を逸らす。そうされて暁も、はっと今の自分の身分に気がついた。虜囚、しかも毎晩のようにアスーラに抱かれ、まさに寵姫のように扱われている自分。衆人環視の中で裸にされたときも、ナヤムはその眸で見ているのだ。

顔を背けるように行き過ぎる彼を、しかし暁はあえて呼び止めた。

「アスーラは一緒じゃないのか」

ナヤムはぎくしゃくと暁を振り向くと、強張った口調で教えてくれた。

「ええ」

「彼は、どこに。危険ではないのか……」

尋ねかけて、咳き込んだ調子になりかけた自分に気がついて、口を噤んだ。

「ご心配ですか」

ところが、暁がアスーラの身を案じる言葉を口にした途端、ナヤムの強張りが解けた。言葉もどこか柔らかく気遣うようになって、今度は暁の方が気恥ずかしくなって視線を逸らした。

「別に、そんなわけでは……」

「少し、お話ししましょうか」

出てきたばかりの部屋を示される。後ろに控えていた、見張りを兼ねた従者に合図して、ナヤムは暁ひとりをその部屋に通した。

「ここ、は？」

「俺の部屋です」

ふた間続きの質素な部屋だった。家具も最低限しか置いてない。長椅子を暁に勧めてから、ナヤムも向かい合わせに腰を下ろす。

「出かけるところじゃなかったのか……」

ナヤムと話したのはこれが初めてだ。いつもアスーラの側近くに控える物静かな男、としか知らない相手と直に接して、どこか落ち着かない思いで問いかけると、ナヤムはそっと首を振った。

「大丈夫です。殿下がお帰りになるまでは、俺も暇ですから」

「……殿下……？」

「ご存じなんでしょう？　アスーラ様がディルハンの王子であられたこと」

「それは、……まあ」

否定してもしようがないので、晄は頷いた。

「我々は、殿下おひとりをただひとつの希望として崇めています。ここに留められていることはあなたにとって理不尽なことでしょうが、でも万一この場所がディルハンやサウディンに漏れたら、我々は破滅です。けっして危険は冒せません」

「信じてもらえないのは残念だ。俺はこの場所のことを密告する気なんてない」

「あなたを疑うから、だけではないのですよ。当局が、捕らえた者に加える拷問《ごうもん》を想像できますか？　指の爪を剥がされ、耳を削がれ、鼻を落とされ。それでも白状しなければ、今度は指を一本ずつ切り落とされます。次は腕と足。そこまで耐えられた者はいませんけれどね」

ナヤムはなんでもないことのように肩を竦めたが、聞かされたおぞましい内容に晄は青ざめた。

「そんなことは、許されない。ひととしての尊厳は……」

「戦争、内乱、みな同じです。ひとは狂気に陥って、どんな残虐行為も正当化されます。殿下の父上、我が国王陛下は斬首されましたし、王族方は捕えられる端から女子供関係なく惨殺されました。そのときの地獄絵のことは何もおっしゃいませんが、殿下がどれだけのことに耐えてこられたのかと思うと、ぞっとします。そしてよくぞその中を生き延びてくださったと、我々は神に感謝するのです。あの方がある限り、我々は希望を持ち続けることができる」

アスーラがその肩に背負っているものの重さに、暁は言葉を呑む。自分の事情を言いつのることもできない。

「今回は偵察だけですので、殿下も間もなくお帰りになるでしょう。どうか、労って差し上げてください」

しばらく続いた沈黙のあとで、ナヤムがそっと告げる。

「い、労ってって……、俺は！」

女じゃない、と暁は目を剝いた。激昂しかけて、ナヤムにはすべて知られていることを思い出すと、居たたまれなくなって視線を逸らす。

「好きで、こんな立場にいるわけじゃない……」

「でも、殿下は『恋人』と呼ばれて大切になさっています。そんな相手を持たれたことが、我々としては嬉しくて」

「俺は、男だが？」

皮肉な調子になったのは、ナヤムが無条件にアスーラに捧げる忠誠心が、面映《おもは》ゆくなったからだ。

「あなたはどこから見ても女性には見えませんよ」

途端にぷっと噴き出したナヤムは、苦しそうに笑いを収めてから態度を改めた。

「たとえ男性でも、殿下が想いを向けられる方に、我々に否やはありません。こんな情勢下ではありますが、できればあの方には幸せになっていただきたい」

なんとも答えられなくて、暁は立ち上がった。

「……俺は、あんた達とは立場が違う」

アスーラを受け入れてこの地で生きていく。地下の宮殿の奥深く、アスーラの訪れを待つだけの生活。

無理だ。

フリーのジャーナリストとして、ここまでの地位を築くために全力で走り続けてきた。なんにでも好奇心を抱き、事件を求めて世界中を駆け回った。そんな生活が自分のライフスタイルだ。強制されている今はともかく、自分から進んで一カ所に腰を下ろすなんて、考えられない。

だがここを出れば、アスーラとは逢えなくなってしまう。

ナヤムと別れて自分の部屋に戻りながら、暁は深い物思いに沈んでいた。

その夜も、アスーラは帰ってこなかった。二日目の朝が来て、暁は思いかけない訪問客を迎えた。ディリの手紙を携えて、サルマンがやってきたのだ。

「ディリから？　どうして？　俺との接触は禁じられているんじゃないか？」

「理由はあとで説明する。とにかく、これを」

相変わらず能面のように無表情のサルマンは、淡々と用件を述べて手紙を差し出す。差し出された手紙を、暁は一読してもまたもやサルマンを凝視してしまった。その手紙は、サルマンが手引きするから逃げてほしいという内容のものだったのだ。

「あんたは、手紙に何が書かれているのか知っているのか」

「もちろん。わたし自身が、アディリヤ様に提案したのだから」

「矛盾していないか？　俺をここから出せば危険を招くからと、閉じ込めるように画策したはずだろう。それが逃げる手伝い？　なんの冗談だ」

「直接サラーラに入国して、そこから日本に帰ってもらう。そうすれば、サウディンの手にもディルハンの手にも落ちることはない」

サルマンは暁の問いを無視して、手順を語った。

「おい」

むっとしてサルマンを睨むと、ちらりと意味ありげな視線をよこされた。

「逃げたいと、喚いていたように記憶しているが。毎夜、我が主に抱かれることで、未練ができたか。すっかりアスーラ様の思惑通りだな」

「どういうことだ」

嫌な予感が背筋を走り抜ける。

「おまえがしつこく逃げようとするから、逃げる気を失わせるためにうまく懐柔《かいじゅう》しておこうと、アスーラ様が考えられた。ほどよく優しくしてやれば、簡単にほだされるだろうと。そうすれば警備に神経を尖らせる必要もないからな」

「そんな……、嘘だ！」

かっと頭に血が上った。

「嘘を言ってどうする？　現に、逃げる手段を提供しているのに、今ひとつ乗り気でないのは、アスーラ様の計画が成功しているということだろう」

頭の中が沸騰してうまく考えが纏まらない。つまりサルマンが言っているのは、自分はアスーラの口説き文句で丸め込まれている、ということだ。『恋人』だと甘く囁かれ、自分にされた仕打ちもうっかり忘れそうになっていた。それがすべて、おとなしくさせるための芝居？

「……信じたくない」

呻くように呟いていた。簡単に騙《だま》される自分を見ながら、アスーラが陰で笑っていたなどと。あの言葉のひとつひとつが、優しい素振りが、全部欺瞞から出ていたなどと。

「アスーラ様本人の口から聞けば、信じられるのか？」

いったん言葉を切って暁の表情を窺ったサルマンは、

「では、おまえが潜んでいる近くで、アスーラ様がそうだと認められたら、こちらの計画に乗るんだな？」

と念を押してきた。頷いたのは、半ば無意識だった。何を信じていいのか、今の暁にはわからなかった。思考は堂々巡りするばかりで、混乱したまま、サルマンが何を思って行動しているのか、その真意を問い質《ただ》すことも忘れていた。

アスーラに絶対の忠誠を抱く彼が、彼の意に反する行動を取っているのだ。必ず裏の意味があると、いつもの暁なら気がついたはずなのだが。

アスーラが帰ってきたのは、そのさらに二日後だった。その間、自分が何をして過ごしたのか、暁には思い出せない。食事をした記憶すらなかった。

暁のもとにやってきたアスーラは、しっかりと彼を抱き締めてキスを仕掛けてきた。いつもなら、鬱陶しいと言いながらもしぶしぶそのキスを受ける暁だったが、今は思わず顔が動いてしまって、アスーラの唇が触れたのは頬だった。

「ご機嫌を損じたか。不在が長すぎたかな」

わざとらしく顔を覗き込まれて、ますます顔を背ける。するとアスーラは、無理強いせずに暁を放してくれた。『恋人』だと言い出してから、こういうところは本当に優しくなった。強引に迫るところと引くところ、緩急を弁《わきま》えたやり方に翻弄される。サルマンによると、それはすべて暁を懐柔するための芝居だというのだが。

アスーラは、帰還したその足でここにやってきたようだ。従っていた者達に湯浴みの支度を命じている。抱き締められたとき、確かに砂の臭いを嗅いだ。衣服にも細かい粒子がこびりついていて、触るとざらりとした感触があった。この部屋の湯船で汗を流していくつもりらしい。そしてそのまま俺を抱くつもりだろうか。

考えただけで官能の痺れが背中を走っていく。

暁は唇を噛んだ。

ここまで自分の身体は慣らされてしまっている。このすべてが嘘かもしれないのに。

風呂の支度ができるまで、アスーラはどっしりと腰を下ろして、小卓に盛り上げられている果物に手を伸ばしていた。香料の香りのするコーヒーも運び込まれてくる。

「暁、機嫌を直してこっちに来いよ」

アスーラの方は機嫌がよさそうだ。何かの計画が進行中で、事態は彼の思惑通りに進んでいるらしい。いずれ機を見て、アスーラ自ら先頭に立って出撃していくのだろう。諸々の危険をものともせず。

暁は、衣装の襟元を一方の手で握り締めたまま立ち尽くしていた。

部屋の空気が息苦しい。アスーラのもとに行くことも、離れることもできずに立っている自分は、今の自身の立ち位置そのままだと苦く思った。

暁が動かないので、アスーラの方が立ち上がって側までやってきた。

「どうした。いやに強硬じゃないか。そんなに俺の不在が許せないか」

肩を摑まれ振り向かされる。それでも頑なに俯いていると、微かな吐息が聞こえてきた。

「暁……」

アスーラが何か言いかけたとき、風呂の支度ができたと従者が呼びに来た。アスーラは少し迷うような素振りを見せたあとで、あっさり暁の身体から手を放した。きびすを返して浴室に消えていく後ろ姿を、暁はようやく見つめることができた。

肩幅が広く腰はきゅっと引き締まっている。張り出した大腿が力強さに溢れていた。細身のようで、全身強靭《きょうじん》な筋肉に覆われた、戦士の身体。生半可に鍛えただけの自分とは緊張感が違う。

何度も死地を潜《くぐ》った彼なら、味方のためになるとわかっていれば躊躇《ためら》わず自らの手を汚すことだろう。それが虜囚をおとなしくさせるという些細なことであってさえも。

しばらく経った頃、サルマンがひっそりと部屋に入ってきた。暁を手招きして、脱衣所の脇の戸棚を指示する。広々とした中はひとがひとり入ってもまだ十分余裕があった。

かちっと音がして閉ざされた暗い場所で、暁はぼうっとしたまま腰掛けていた。

やがて静かだった外が賑やかになる。アスーラが浴槽から出てきたらしい。従者達が周囲を取り囲んで世話をやいているようすが、ありありと伝わってくる。暁といるときは、自分のことは自分でしていたが、本当はこうして傅かれているのが、彼本来の姿なのだと思う。

一国の王子から追われる身への変遷は、どれほどの傷跡を彼の心と身体に残しているのだろうか。

「もう一度、真意をうかがいたいのですが」

サルマンの声がしている。

「なんだ」

そっけないアスーラの返事。

「砂金を集めろというご指示に、思った以上に動揺がありまして。本当にあの男を寵姫筆頭に据えられるのかと」

「男が寵姫になれるわけがないだろう」

めんどくさそうにあっさり答えたアスーラの声に、暁はいつの間にか耳を澄ましていた。

「だいたい、誰もいないハーレムで、筆頭もビリもあるものか。ばかばかしい」

「では、前に言われていたように、おとなしくさせるための手段、と受け取ってよろしいので？」

「……まあな。ただし、だからといって万一暁を粗略に扱う者がいたら、容赦しないぞ。あれは俺のものだ。俺以外の誰にも傷つけさせる気はないからな」

本気の滲む後半部分にこそ、サルマンの危惧があったのだと、聞いていた暁が気づくはずもなかった。サルマンの問いに答えた「まあな」で、頭の中は真っ白になってしまっていたのだから。

優しくするだけで簡単に懐柔されてしまった虜囚を見ているのは、さぞ面白かっただろう。嫌だと言いながら抱かれてあられもない声を上げる自分を、陰でどれだけ笑っていたことか。

握った拳の爪が食い込んで、掌を傷つけた。屈辱でぎりぎりと奥歯を噛んだせいで、顎が痛くなる。やがて着替えが終わったのか、あたりの人声が潮を引くように遠ざかっていった。

戸棚が引き開けられる。サルマンが無言で出ろと合図してきた。黙ったまま従った暁の顔を見て、さすがに何か思うことがあったのだろう。好意の欠片もないところはそのままに、声も冷たいままま、それでも慰めと錯覚しそうな言葉を投げかけてよこした。

「アスーラ様は、その肩に一国の命運を背負っておられる。虐殺された一族の恨み、復讐への欲求。そして奪われた国を取り戻すという目的のためには、手段を選んではいられない」

何も言う気はなかった。人間にはそれぞれの立場、それぞれの言い分がある。アスーラは、自分の言動でこれほど暁が傷つくとは思ってもいないだろうし、サルマンはこれが最善と信じて暁を遠ざけようとしているのだ。

「執務室でアスーラ様を足止めしてある。そこで出されたコーヒーには少量の睡眠薬が入っていて、おそらく部屋に戻られたらすぐに眠いと言われることだろう。疲れる任務を終えられたばかりだから、余分に休んでいただけるのがちょうどいい。お眠りになったら、部屋を出て合図してくれ。近くで待機している」

暁はひとつ頷いて、部屋に戻った。アスーラの気配のないその部屋はただ広いばかりで、豪華な調度品も暁の眸には入らない。彼の言葉を聞いて以来、外界との間が薄い膜で隔てられたような奇妙な感じがしている。現実感が失われてしまったような。

やがて、アスーラが苛立たしげに足を踏みならして部屋に入ってきた。

「全く、ろくでもない用事で引き留めて……！」

暁の側まで真っ直ぐ歩み寄ってくると、後ろから腕を回してきた。顎を肩に置いて、横から覗き込むように暁を見る。背中に湯上がりの暖かな身体が触れた。服も柔らかな布地のゆったりしたものに着替えていて、そういえば寝衣だけは黒じゃなかったな、と今さらながら気がついた。

黒衣は、死んだ一族の喪に服しているからだ、といつか聞いたことがある。つまり黒を着ているときのアスーラは、公の存在であるわけだ。だったら寝衣のアスーラは……？

首筋に物憂げに唇を寄せられて、ぞくりと身体が震えた。

「敏感だな」

それを快楽への期待と見たアスーラがくすりと笑い、舌を這わせるたびに、鳥肌がさあっと広がるさまに悦に入っていた。

「ベッドに行こう」

甘く誘いかけるような声で誘《いざな》われた。意志のない人形のように、暁は腕を引かれるまま諾々とベッドに横たわった。

「どうした。今日は抵抗しないのか」

いつもさんざん大騒ぎしたあとでようやく屈服する晄の異変に、アスーラが微かに眉を顰める。

「どうせ、無駄なんだ。体力は温存することにした」

それに素っ気なく返すと、

「そうか。今日の趣向は、どんなにされても感じない振りをして俺を焦らすってやつか。いいだろう、とろとろに溶かして、すぐに音を上げさせてやる」

笑いながら覆い被さってきた。前を開き、露わな胸を撫で回しては、ささやかな突起に歯を立てる。そのたびに身体は正直にびくびくと撥ねた。

「どうした、すぐに屈服したのでは面白くないじゃないか」

指先で尖らせた敏感な乳首を摘みながら、アスーラが揶揄《やゆ》する。以前と違って、その嘲りの言葉にも、どこか労るような甘さが滲んでいる。本気でいたぶっているわけではないと、こちらに伝わる程度の。

それに自分は騙されてしまったのだ。

晄は、きゅっと眸を閉じた。アスーラを見たくない。できれば、感じたくもなかったが、これだけ慣らされた身体が我慢できるはずもなかった。しだいに昂ってくる熱を、熱い吐息で逃しながら、サルマンの言った睡眠薬はいったいいつ効いてくるのだろうと、ぼんやり考えていた。

アスーラの指が遠慮なく下半身に伸びてくる。布の上からゆっくりさすられて、もどかしさに腰がうねった。

「おまえのここは、いつも正直だ」

身体をずらしたアスーラが、その部分にそっと口づける。それだけで、昂りはさらに固くなった。

「いい反応だ」

指が輪郭をなぞり始め、晄はもどかしさに自分から腰を突き上げたい欲求と戦っていた。

「気持ちいいだ、ろ…ぅ。な……」

語尾が、掠れるように縺れ、的確に動いていた指の動きが鈍った。

「なん…だ？　これ、は。……おか…し…い」

重い身体が、晄の上にずしりと被さってきた。暖かな息が首筋にかかり、規則正しい心音が伝わってくる。

眠ったのか。

理解した途端、晄は意識をなくした身体を力いっぱい抱き締めていた。これが最後になるのかと思うと、抱き締めた腕をなかなか放せない。

「アスーラ……」

それでも、ようやく思い切って、抱き締めたその腕で彼を押し退け、するりと下から抜け出す。傍らに立ってしばらくその顔を見詰めたあとで、くるりときびすを返した。サルマンに言われたように身支度を調え、そっと隣のドアを開ける。待ち受けていたサルマンが無言で先に立った。通路側には見張りがいるから、別のルートから外に出ると聞いている。

ドアを幾つかくぐり抜け、見張りから見えない位置で通路を横切った。さらに曲がりくねった道筋を歩き、やがて、薄明かりに照らされた外の石畳に降り立つ。

「車を一台用意した。途中まではわたしが案内する。道を間違える心配がなくなったら、あとはひとりでなんとかしてくれ」

「俺がおとなしく帰国すると、信じているのか？」

「生きていたければ、そうするしかない。熟練したジャーナリストなら、それくらいの状況判断はできるだろう。どうしても戻ってきたければ、少しほとぼりを冷ましてから来るんだな。その頃には別の事件が起こっていて、おまえのことなど誰の記憶からも消えている」

坂道を下って、倉庫のような大きな建物の前に出た。数メートルおきに見張りがついている、厳重に警護された建物だ。サルマンは中央のドアを守っている武装兵に頷くと、鍵のかかったドアに手を伸ばした。

「あんた、肝心なことを忘れていないか？　俺は砂嵐で、パスポートも金もなくしているんだが」

言いながら、鍵を開け中に踏み込むサルマンに従った暁は、ぱちっと壁際の電気がついて、暗かった中がさっと照らし出された途端、目を剝いた。ずらりと並んだ、砂漠仕様の四輪駆動車、壁に作りつけられた棚には、各国のさまざまな種類の武器が収められている。マシンガン、ライフル、小型の拳銃。ロケット砲、バズーカ砲、さらには手榴弾を収めた箱も……。

「ないのは化学兵器と核兵器だけだ」

豪語するサルマンに、暁の背筋が冷たくなった。彼らは、いや、アスーラは綺麗事でなく、本当に戦争をしているのだと実感させられた。

一台の車の脇に、ひとが立っている。サルマンは彼からキーを受け取り、暁に乗るように顎をしゃくった。言葉をなくしたまま、暁はぎくしゃくと助手席に乗り込んだ。エンジンをかける前に、サルマンは先程暁が発した問いの答えをくれた。

「パスポートの代わりに、アディリヤ様の直筆の手紙を用意した。おふたりの母上は現在サラーラにおられる。その方に当てた手紙だ。砂漠で保護した、帰国の便を図ってもらいたいという内容だから、あの国では十分身分証明書の代用になるはずだ。そのかわり万一書類がサウディンやディルハン側の人間に見つかったら、そのまま牢屋に放り込まれるだろうがな。それとこれ。帰国するのに間に合うだけの金が入っている」

ずしりと重い財布を渡された。

渡されたものを懐にしまうと、あとは話すこともなくなった。薄暗い内部から地下通路に出てしばらく走ると、ゆっくりした上り坂になった。その先に、岩でできたゲートが待ち受けている。サルマンが両サイドの歩哨に合図すると、岩の扉がしずしずと左右に開き始めた。砂漠特有の砂の混じった風が、さっと吹き込んで来る。

ゆっくりとそこを通り抜けると、開いたゲートは閉まり始め、少し先から振り返ると、ただの岩の固まりがあるくらいにしかわからない。

サラーラに着いたら、伯父さんには無事であることを連絡しないといけないだろうな、とぼんやり考えながら、暁はおとなしく車に揺られていた。

どれくらい走っただろうか。急にサルマンがブレーキを踏み込んで、車は砂漠の真っ直中で急停止した。ダッシュボードにぶつかりそうになってなんとか堪えた暁が、

「何をしているんだ！」

と怒鳴りながら隣を振り向いたとき、その額にはぴたりと冷たい銃口が押し当てられていた。慎重に顎を引き僅かに開いたその距離から、暁は自分に向けられた死の顎を、言葉もなく凝視した。ようやくサルマンの真意を悟る。彼は、生きて暁を解き放つ危険を冒すつもりは、全くなかったのだ。逃亡の手助けをする振りで、実は抹殺する算段をしていた。

アスーラの裏切りで心が麻痺《まひ》していなければ、当然暁も気づいていただろう。サルマンの忠誠心は、アスーラとディルハン王家にのみ向けられていて、その彼が行動を起こした意味を、深く考えるべきだった。

暁は黒光りのする銃口から、視線をサルマンの顔に向けた。

「死体はどうするんだ」

「ここに転がしておけば、そのうち砂漠の生き物が始末してくれる」

荒涼たる砂原に転がる白骨を思い浮かべて、暁の身体に震えが走った。だが、まだそれが自分の成れの果てだとの実感がわかない。

「アスーラ様が本気でおまえを必要とされているのなら、わたしもこんな真似はしなかった。ご意向に添ってあくまでもおまえを守る方向で動いていただろう。だが、あの方は断言されたのだ。身の回りに置いているのは、抗うおまえを懐柔するためだと。であるならば、やっかいな存在になるかもしれない危険な因子を、お側から取り除くことこそがわた

しの使命だ」

サルマンの忠誠心には、もう笑うしかない。おかげで、突然にこんなところで自分の人生の終焉《しゅうえん》を迎えようとは。

暁は、サルマンから視線を逸らし、暗い夜空に散りばめられた星々を見上げた。満月に近い、真円のように見える月が、ゆっくりと西の空に移動している。何度か死地に陥ったことがあるが、いつも奇跡的に命を長らえてきた。だが、今日の死神だけは、がっちりと暁を摑んで放しそうもない。

不思議にサルマンの隙を窺って銃を奪おうとは思わなかった。そうしてみても、砂漠を彷徨《さまよ》う緩慢《かんまん》な死が待っているだけだとわかっているからだろうか。

こんなことになるなら、抱かれている間に一度だけでも自分の気持ちを打ち明けておけばよかった。おとなしくさせる手段として自分を抱いていたアスーラには、大笑いされたかもしれないが。

「巻き込まれただけのおまえを、本当に気の毒に思う」

恐怖で喚くでもなく、抵抗しようと暴れるでもない暁に、サルマンも勝手が違ったようだ。いつも無表情な顔に、今は僅かに同情めいた感情が透けて見える。

「気の毒だと言っても、気持ちは変わらないんだろ。だったらさっさと殺れよ。時間を引き延ばしたって、なんの意味もない」

暁の言葉に、サルマンが頷いた。

「そうだな」

暁から逸らされることのなかった銃口が、改めて眉間に狙いをつけてきた。引き金にかけた指に力が入るのを見て、暁は固く眸を閉じる。

そして、次の瞬間、瞼の裏に突き刺さるような光と、劈《つんざ》くような炸裂音が夜の静寂を破って響き渡った……。


ぎゅっと抱き締められた感触が残っている。快楽の頂点で、わけがわからなくなっているときくらいしか、暁が自分から腕を回してくることはない。今はまだほんのちょっと、その帳《とばり》を開きかけただけだ。

おかしい、と思う気持ちが、深い眠りに落ちようとするアスーラの意識をどこかで引き留めていた。

暁……。

何トンもの重しをぶら下げられているような気がする瞼を、無理やりに押し上げる。のろのろと手を動かして、暁の痕跡を探った。いつも傍らにある身体は、どれだけ腕を伸ばしても見つからない。

「あき……、ら」

絞り出すようにして呼んだ声にも、返事はなかった。

どこに行ったんだ。

眠気に引きずられていた頭が、ゆっくりと覚醒に向かう。緩慢に首を振りながら、なんとか身体を起こした。

「くそっ、なんでこんなに眠たいんだ」

気を緩めると、そのまままた眠りに引き込まれそうだ。

手の甲に爪を立てながら、ようやくはっきりしてきた眸で暁を捜す。ベッドにも、広い部屋のどこにも、暁の姿はなかった。

「……まさか、逃げたのか」

さっと頭が冷えた。眠気は相変わらず残っていて、いつものようにてきぱきと動くことはできなかったが、それでもベッドから下りて、部屋の外に立つ見張りのもとへ向かう。

どうしても足が縺れた。この時点でアスーラも、自分が睡眠薬を飲まされたことを理解する。

「だが、晄のはずはない」

風呂から上がってこの部屋に戻ってからは、何も口にしていない。飲んだのは……。

「サルマンかっ」

かっと怒りが込み上げた。またディリが余計なことをして、晄の手引きをしたに違いない。

「しかし、サルマンまでその企みに加わるとは」

ここから晄を出すことの危険性を強調して、監禁するように画策したのが彼だったはず。それがなぜ前言を翻《ひるが》してディリに従ったのだ？

サルマンに忠誠心しかないことはわかっている。晄を解き放つ危険性がいっこうに減っていないのに、動いた理由がわからない。

ようやく戸口に辿り着き、なけなしの力でドアを押し開けた。突然開かれたドアに、左右に立っていた見張りが、びっくりしたように振り向いた。不安定に身体を揺らしながら立っているアスーラに、さらに驚愕して駆け寄ってくる。

「どうなさったんです。大丈夫ですか」

口々に叫びながら、アスーラを支えようと手を伸ばす。もうひとりが、警戒の叫びをあげ、宮殿内に非常警報を発令させる。

「あ、晄、を……、見なかった…か」

縺れそうな唇をなんとか操って、言葉を押し出す。

「いえ、見ませんでした」

ふたりの返事に、アスーラは考え込んだ。

ナヤムが真っ先に駆けつけてきて、アスーラのようすにさっと顔を青ざめさせた。

「何があったんですか」

咳き込むように言いながら、ナヤムもアスーラを支えるために脇に立った。伸ばされたいくつもの腕を、アスーラはうるさそうに払い除けた。

「晄だ。サルマンが彼を連れ出した。どこにいるのか探し出せ」

はっと伝令が飛ぶ。

非常警報のせいで、ばたばたとひとが集まって、意外に早くサルマンの消息が知れた。宮殿の外にある武器を貯蔵した倉庫から、サルマンが晄を連れて車で出発したというのだ。

「車、の用意を……」

不吉な予感が背筋を這い上がってくる。サルマンが晄を逃がすために行動したとは、とても信じられない。絶対裏があるはずだ。もし、彼の真意が晄を排除することだったとしたら……。

その可能性を思っただけで、ぐらっと身体が揺れた。

「アスーラ様。どうかお休みください。いったい、そのお身体はどうなさったのですか」

ナヤムが危うくアスーラを受け止めて、悲鳴のような声を上げた。

「睡眠……薬。サルマン、に……、やら…れ、た」

「サルマンが、薬。まさか……」

彼の忠誠心は、誰もが知るところだ。自分の主に薬を盛るとは。誰もが信じられなくて言葉をなくす。

「ごめんなさい！」

その途端に甲高い声が割って入った。警報を聞いて走ってきたディリが、息を切らしたまま勢いよく頭を下げたのだ。

「僕が、暁を助けるようにサルマンに命じた。兄さんを眠らせて、その間に、と。だって僕のせいで巻き込まれただけの暁に、兄さんがしたことが申し訳なくて」

ディリにとって、アスーラが暁を抱いた行為は信じられないことだったのだろう。自由を奪って、好き放題したと見えたのかも知れない。

事実、その通りだが。

それに対しては、言い訳もできない。

アスーラは自嘲して、ディリを見下ろした。

「それで、どう…する……計画、だったんだ……?」

思うように動かない舌を腹立たしく思いながら、なんとか言葉を口にする。

「サルマンが、この場所が漏れる危険性をひどく心配していたから、サラーラに行かせて、そこから日本に送り返そうと」

「サルマン、にとって…、そんな手間、かけるより、……確実な……方法、が…」

「え？　確実な？」

首を傾げたディリが、その言葉の含みに気がついて、さっと青ざめた。

「まさか、サルマンが……」

「彼の忠誠心、は…、暁には向かない……。我々にとって、一番安全…、なの、は、暁が…消えること……」

ようやく言い終えた言葉に、ディリが唇を震わせる。

「でも……」

「俺も…、悪かった…が……」

なぜ暁を側に置いて抱き続けているのか、その理由をサルマンが尋ねてきたときに、疑問を抱かなければならなかったのだ。あれは、自分にとって晄がどれだけ価値があるかを計っていたのだろう。もし自分が、晄は何ものにも代え難い大切な存在だと言っていれば、サルマンはまた別の方法を考えたはずだ。

それなのに自分は、逃げるのを防ぐために懐柔しているだけだと放言してしまった。そんなことを聞けば、晄は邪魔なだけで不要な存在だと判断されても仕方がない。決してそうではないのだと、ことここに至ってようやく自覚するとは。

間に合うだろうか。

アスーラはナヤムに支えられながら、車両倉庫に急いだ。その一方で、宮殿内に作られたコントロールセンターに、サルマンが使っている車の識別信号を追跡させ、緊急通信を入れるよう指示した。砂漠の戦争と言っても、今はハイテク機器が勝敗を左右する。潤沢《じゅんたく》な資金を背景に、アスーラ達の組織もいつのまにかコンピュータ類を駆使するようになっていた。

「運転は、俺がします」

頷いてナヤムにハンドルを任せ、自分は助手席に座り込んだ。眠気は少しずつ薄らいでいたが、ひとりでハンドルを握るのはまだ心許ない。

「僕も連れて行って」

と窓枠にしがみつくディリに、

「留守を、頼む」

と言いつけて、アスーラは車を出すようにナヤムに命じる。

「兄さん！」

「きっと連れて戻る」

そう言い残して、アスーラを乗せた車と護衛《ごえい》二台の車がスタートした。

星空の下、車を走らせる。途中で車内に連絡が入り、サルマンの車の軌跡がナビに映し出される。同時に先方の通信回路が切られていて、応答がないという報告もあった。

「こちらから連絡できないということは、あくまでも追いかけるしかないわけですね。進行方向から見ると一応サラーラに向かっているようです。ちゃんと逃がすつもりでいたのではありませんか？」

ナヤムが楽観的な推測を述べたが、アスーラは首を振った。サルマンの忠誠心は筋金入りだ。万一にも自分やディリに危害が及ぶような、生ぬるい手段は取らないはず。

三台の車は、地図に示されるナビに従って、砂漠を突っ走った。一方サルマンの車は、そんなにスピードは出ていないようで、この調子だと程なく追いつけそうだ。アスーラが眠りに負けて寝込んでいたら、とてもこうはいかなかっただろう。薬に犯されながらも無理やり気力を振り絞ったおかげで、なんとか間に合うかもしれない。

『アスーラ様！』

後方の車から、緊迫した声がマイクを通じて呼びかけてくる。

『おかしな輝点がスクリーンに現れているのですが』

それはアスーラの車のスクリーンにも出ていた。だが残念なことに画面が小さすぎて、はっきりと映し出すことは不可能だった。

「本部に連絡を取れ。あの不審な輝点が何か、拡大して調べるように」

一瞬の間のあとで、強張った返事が返ってくる。

『軍隊の一部のようです。移動兵器を積んでいます。砂漠用の四輪駆動車に大砲がちらりと見えました』

なんてこった、どうして今なんだ、と誰かが呟いたのが、マイクを通して聞こえてきた。それはアスーラを初めとする全員の思いだった。

サルマンが向かう方向から、夥しい一隊が近づいてきている。ディルハンか、サウディンか。どちらにしろ、大回りをして、サラーラに自分達が逃げ込めない状況を作りつつ進軍してくる。

こうした大規模な侵攻には、何度か出くわしている。これまではうまく彼らを交わしつつつ、地下宮殿の秘密も守り抜いてきた。だが今回は、このまま引いてやり過ごすことができない。前方には、何も知らないまま車を走らせるサルマンがいるのだ。部下である彼を見殺しにするという選択肢は、アスーラには存在しなかった。ましてサルマンの側には晄がいる。

身体中を駆け巡るアドレナリンが、睡眠薬の効果を追い出した。アスーラは、眠気の失せたすっきりした頭脳で、冷静に思索を巡らせる。

まずは思いつく限り最悪の事態を思い描いて、それへの対策を立てる。マイクに手を伸ばし、落ち着いた口調で指示を出した。

「村を廃棄する準備を。全員地下宮殿に待避」

微かなどよめきが伝わってくる。村を廃棄するというのは、両脇の崖を崩して、そこに繋がる道を埋めてしまうということだ。地下からの脱出口は何カ所かあるから、それで世間と隔絶することはないのだが、慣れ親しんだ村を消し去るのは、つらい選択と言えるだろう。

さらに何隊かをこちらの救助に出発させ、残りは宮殿内で待機と告げる。同時に宮殿を退去する準備も並行して進めさせた。

侵攻する軍隊と遭遇する前に、サルマンらを捕捉し連れ帰ることができたら、それ以上の大事には至らないで済むかも知れない。だが常にもしものことを考えておかなければ、万一のときの損害が増えるばかりだ。

突然のクーデターですべてを奪われたアスーラは、自分が指揮を執るようになってからは二重三重の安全策を取るようにしていた。「率いている一族のことを考えろ」とカシムに言われるまでもなく、アスーラ自身、自分が背負う重荷のことは片時も頭から離れたことはない。

今回のこれが、天の示す啓示なのだろうか。

このまま進むか、一度サラーラに引いて新たな道を探るか。自分でも決断の時が迫っているとは感じていた。有無を言わさずこの情勢に嵌り込んだのは、新たな道を探れと、誰かが告げているのかも知れない。

「……止まった」

運転するナヤムの横でじっとナビの画面を見ていたアスーラが、低い声で呟いた。砂漠のど真ん中。乗っていた車のアクシデントでなければ、それはきっとサルマンがここでけりをつけると決めた場所だ。

「眺……っ」

肺腑《はいふ》を抉《えぐ》るような悲痛な声が、アスーラの口から漏れた。その気持ちを察したナヤムがアクセルを踏んでスピードを上げたが、とても間に合う距離ではない。正面を見据えるアスーラの顔が焦燥で歪んだ。

「……信号弾を打ち上げましょう」

「だめだ」

ナヤムの提案を、アスーラは一言のもとに退ける。

「前方には敵が集結しつつあるのを忘れたか。今そんなものを打ち上げたら、俺達がここにいると教えてしまうことになる」

「そんなことを言っている場合ですか！」

言うなりナヤムはダッシュボードに手を伸ばし、備えつけの信号弾を引き抜いた。

「ナヤム、よせ！」

アスーラが手を伸ばすより早く、ナヤムは着火装置を起動させ、思い切り窓から外へ放り投げた。

「ばか者！」

頭上高く弾け飛んだ信号弾が、炸裂音と共に夜空にぱっと花開いた。煌めきながら落ちてくるそれは、おそらく遥か彼方の敵陣でも観察されたことだろう。

アスーラは舌打ちしながらマイクをひっつかむと、後方に従っていた車に直ちに引き返すように命令した。

『アスーラ様は……？』

　後ろからの問いかけに、

「俺はサルマンを連れ戻す」

　と返すと、いきなり向こうのマイクのスイッチが切られてしまった。

「おい！」

　何度呼びかけても返事はなく、振り向くと車は二台とも命令を無視して伴走してくる。

　窓から乗り出すようにして、

「戻れぇ！」

　と叫んだが、無駄だった。

「……明らかな命令違反だ」

　乗り出していた姿勢から、どさっと座席に腰を戻し、アスーラは額に手を当てて呻いた。

「誰だって、あなたの危機にお側を離れるよりは、命令違反を選びます」

「軍令に沿って処罰してやる」

「それでも、です」

「……ばかな」

「お忘れですか。我々はアスーラ様に忠誠を誓った者です」

当たり前のように言い放つと、ナヤムはさらにアクセルを踏み込み、ほどなくサルマンが車を停めたあたりに到達した。一面砂の世界に、ぽつりと車が停止している。ナヤムは急ブレーキをかけ、横滑りする車体を操りながら、その側にぴたりと停めてみせた。他の二台も一台は前方に、もう一台は少し離れて、どんな事態にも対応できるように一時停止する。

ドアを開けて降り立ったアスーラは、砂を蹴散らして駆け寄った。

「暁！」

助手席側のドアを引き開け、驚いたように振り向く暁を掻き抱いた。

「無事だったか」

心の奥から絞り出すような呻き声を上げて、生きて温かいその身体を何度も何度も抱き締める。

「……アスーラ」

おずおずと、暁の腕もアスーラの背に回された。

「……来てくれるなんて、思わなかった」

息ができないほどきつく引き寄せられたアスーラの胸は、早鐘のような鼓動を刻んでい

た。それが自分を気遣ってのことだと、まだ信じられないで暁が言うと、

「ばかな！　恋人だと言った言葉を忘れたか」

ぱっと肩を摑んで引き離され、顔を覗き込んで睨まれた。

「でもそれは、俺をおとなしくさせるための手段で……」

「違う！　……違うと、ようやくわかった。おまえが殺されるかもしれないというときになって、ようやく。間抜けなことだ」

「アスーラ……」

そのままもう一度抱き寄せられて、暁は抗わずにその身を寄り添わせた。今は互いの温もりを感じることこそが、千万の言葉を費やすより勝るときだった。

ようやく無事な暁を実感したあとで、アスーラは鋭い視線を運転席のサルマンに向けた。

彼は膝に銃を置き、抱き合うふたりをじっと見ていた。

「俺は、傷つけるな、と言ったはずだ。暁を傷つけていいのは俺だけだともな」

「そうですね。確かにそうおっしゃっていました。危うく考え違いをするところでした」

「思いとどまったのは、信号弾を見たからか？」

「それもありますが、たぶん自分には撃てなかったでしょう。あまりにも潔いこの方を見て、手が止まってしまいました」

「それは幸いだったな。晄が死んでいたら、俺は躊躇なくおまえを撃ち殺していただろう」

「アスーラ様！」

切迫したナヤムの声に、アスーラははっと我に返った。

「敵が迫っている。とにかくこの場は引くぞ！」

「敵？」

思いもかけない言葉に目を見開いたサルマンも、晄を抱えるようにして車に駆け戻るアスーラに事態の重さを感じ取って、すぐさまギアを叩き込んで車をスタートさせた。

四台の車は先を争うようにして来た道を引き返した。

「戦闘用意」

アスーラは自分も後部座席の下から銃を引き出すと、いつでも撃てるように準備しながら、指示を出した。後ろの座席に並んで座っていた晄は、目の前で見る黒光りした武器を驚いて見ていたが、そんな場合ではないと詮索することは控えた。

『迫ってきます』

横に並んで走っていた車から、アスーラに報告が入る。むろんアスーラも画面で、夥しい輝点が近づいてくるのを目に留めていた。決断は早かった。

「散開しよう。ひと固まりになっていては、捕捉されやすい」

『しかしっ』

他の車から一斉に抗議の声が入ってくる。それをアスーラが一喝した。

「さっきとは事情が違う。今度の命令に背く者は、一族から追放する」

厳しく縛めて、それぞれに命令を下す。先にサラーラの国境に向かい、受け入れ準備を要請する役、地下宮殿へ真っ直ぐ引き上げて、応戦の準備をする役。そして敵の目を攪乱するために砂漠を逃げ回る役。

アスーラは自ら囮《おとり》の役を選んだ。抗議しつつ未練がましくつき従っていた車も、アスーラの厳しい叱責に、やがて与えられた任務へと散っていった。それでもサルマンだけは、どう言ってもついてくる。

「サルマン！　命令に背くか！」

窓からアスーラが怒鳴りつけても、サルマンは平然としている。

砂にハンドルを取られがちな車体を安定させることに悪戦苦闘していたナヤムが、そんな場合でもないのにくすくすと笑う。

「アスーラ様、無理ですよ。あのオヤジをあなたから引き離せるのは、アディリヤ様か、または本人の死以外ありません。無駄なことをなさるより、一緒に行動することで利用できないかと考えてください」

「そうか、ディリを守れと指示すればよかったのか」

憮然と呟いたアスーラが、口を挟むこともなくおとなしく隣に座っている暁を見た。

「一難去ってまた一難だな」

緊迫した場面なのに、にっと唇の端を歪めて笑いかける。

「何がどうなっているのかさっぱりわからないが、俺達は追われているのか？」

暁が聞き返した。

「それもわからないで、おとなしくしていたのか？　おまえ、もしかして銃口を向けられたショックで、性格が変わったんじゃないだろうな。俺は、手加減しないで嚙みついてくる暁の方が好みだぞ」

「……こんなときに、何を言っている。好みとか、そんなことを言っている場合じゃないだろうが」

暁は呆れてそっぽを向いたが、正直な気持ちを表しているのか、耳朶がほんのりと赤くなっていた。それを見咎めてほくそ笑むアスーラの手が伸びてきて、顎を摑まれ引き戻された。

「こんなときだからこそだ。もう誤解はなしだ、暁。俺はおまえに惚れたから抱いた。手放したくないから監禁した。わかったかっ」

「な、何を突然……。だいたい、喧嘩腰で言うことじゃないだろうが！　俺の意志をすべて無視してことを運んでおいて、そんな言葉ひとつで許されると思っているのか！」

炎を宿した緑の瞳に挑まれて、暁の負けん気も燃え上がる。告げられた言葉は、愛の告白と受け取ってもいい内容なのに、暁の中では喧嘩を売られた感覚に変換されていた。当然返す言葉も怒鳴り声だ。顎を摑んだ手を力ずくで振り払い、アスーラを睨みつける。

「なんだと！　それがおまえの本心かっ」

その態度が気に入らないアスーラが、当然のように激しい口調で返すと、運転席でナヤムが爆笑した。

「どうか、やめてください、おふたりとも。笑いすぎで、手が震えます。運転を誤っても責任は持てませんよ。しかも敵前のこんな場面で」

呆れたようにつけ加えられた言葉に、アスーラも暁も決まり悪そうに口を噤んだ。

「……、で、敵って、誰？」

口調を改め、和解の意味を込めて暁が尋ねると、

「サウディンか、ディルハンか、まだわからない」

アスーラも努めて語調を抑えて答えた。

「二カ国を同時に相手にするのは、厳しいんじゃないか」

「確かにそうだ。だが俺は、クーデターを起こした当人より、同じように王を奉じる国でありながらクーデターに手を貸したサウディンのやり口が許せない」

アスーラは遠い日の出来事を思い出すかのように、視線を遥かな地平線に向けた。

「俺が言うことじゃないかもしれないが、アスーラの勘違いということはないのか？　いろいろ考えたが、俺にはサウディンがそんなことをするとは信じられない」

「……俺の目の前で幼い者達が殺された。俺自身捕らえられていて、ナヤムやサルマン達が助けに来てくれなければ死んでいただろう」

「アスーラ様は、両足を折られて動けなくされていたのです。そんな身体で何ができましようか」

ナヤムが運転席から口を挟んできた。

「しかし、殺すなら、俺を殺せばよかったんだ。あんな小さな子供まで手にかける必要はなかった」

目に焼きついて離れない地獄絵は、いまだにアスーラを苦しめる。

「救い出されて外に出た俺が見たのは、クーデターを起こした連中に混じって首都を闊歩《かっぽ》していたサウディンの正規兵達だ。クーデターは夜半から未明にかけて決行された。事前に知っていなければ、サウディンの兵士がその時間にその場にいられたはずがない」

苦渋に満ちた表情で断言する。

「アスーラ……」

「そのことはもういい。済んだことだ。それより、そろそろ敵がこちらを視認する頃合いだ。間違いなく撃ってくるぞ」

覚悟しておけ、と言葉では脅しているが、表情は柔らかに崩して、晄を抱き寄せる。

「途中で、間に合わないかと思った。サルマンはああ言っていたが、実際はどうだったんだ？　晄の口から聞きたい」

「聞きたいのは、こっちもだ。逃げ出す気が失せるように優しくしていたとか、サルマンには言ったくせに。なのに追いかけてきて、そうじゃないとか言うし。自分の言動にもう少し責任を持て。振り回されるこっちはたまったもんじゃない。わけわかんないぜ」

抱き寄せられるのには抗わなかったが、晄の口調はきつい。ばたばたと事件が起こってなし崩しのような告白も受けたが、すべてを納得できたわけではないのだ。するとその口調が気に入らないアスーラの眉間に、青筋が立つ。

「撃ってきました」

緊迫したナヤムの声が、険悪になりかけたふたりの頭をさっと冷やす。距離を測っているのか、まだ数発ぱらぱらと発射音がするだけだ。しかしほどなく激しい銃撃戦になるだろう。

車は、サラーラに向かう途中を遮られた、と見せかけて、大きく迂回路《うかいろ》を取っている。村の左右にそそり立つ崖下に誘い込む予定だった。自分達が走り抜けたあと、間髪を入れず爆破して道を閉ざす。そうして何もかも埋め尽くされてしまったと偽装するのだ。

アスーラが銃の狙いをつけながら、窓から手を出してサルマンに横に並べと合図する。向こうも運転しながら銃を用意したようだ。片手運転に変えて銃口を突き出し、了解というようにそれを振っている。

まもなく銃弾が、ひっきりなしに飛交うようになった。そうなると、撃てる人数に乏しいこちらは圧倒的に不利だ。そんな劣勢をものともせず、アスーラは窓から身体を乗り出すようにして後方の車のタイヤを狙っている。

「おっと」

咄嗟に身を引いたのを見ると、耳朶に血が滲んでいる。どうやら弾が掠めたらしい。

「アスーラ、大丈夫か！」

もう少しずれていたら、と晄は血が凍りそうな恐怖を覚える。それなのにアスーラは平気な顔で、煩わしそうに袖で血を拭うと、またもや半身を乗り出して銃を撃ち始める。

何か、自分にできることはないのか。

焦燥に襲われて、晄は血走った眸で車内を見回した。

触ったこともないのに銃は無理だ。けれど、何か、アスーラの助けになることは。

運転席で、指が白くなるほどハンドルを握り締めているナヤムが眸に入った。

そうだ、運転なら、自分にもできる。

思いつくなり、後部座席から前に移った。

「ナヤム、運転を代ろう。銃は扱えるんだろう？　アスーラの補助についてくれ」

言いながら、ハンドルに手を伸ばした。

「晄、余計なことをするな。おまえは邪魔をせずに、そこにおとなしく伏せていればいいんだ」

アスーラが苛立たしげに吐き捨てる。その居丈高《いたけだか》な言い方にむっとして、晄は大胆に身体を引き起こした。ナヤムに乗りかかるようにしてハンドルを奪う。

「ちょ……っ」

押し退けられて、ナヤムは困ったように身体をずらした。

「晄！　危ない」

後方からの弾丸が、ガラスを破って飛び込んできた。咄嗟に晄の頭を押さえつけて、被弾するのを回避する。

「頼むから、俺の言葉を聞け」

「うるさい。こうなっては一蓮托生だ。助かるためには力を合わせた方がいいに決まっている」

「なんだと。銃を持ったこともないくせに」

「だからっ、俺にできることをしているんだろうが。あんたこそおとなしく銃をぶっ放していろ！」

こんな場面でも言い合いになってしまうふたりに、ナヤムは呆れたように肩を竦め、関わりを避けて自分の銃を取り出した。アスーラとは反対側から撃ち始める。

「本隊が動き出した」

ちょこまかと動き回るこちらに挑発されたのか、後方に下がっていた本隊が前進してきた。サルマンが併走しながらナビの画面を示し、輝点が移動しつつあるのをこっちでも確認した。

「いいぞ。このままおびき出そう」

アスーラが、獰猛《どうもう》な笑みを見せる。

晄は合図に頷いて、大きくハンドルを切った。あとは時間との競争だ。後ろから追ってくる連中に捕まる前に、村に逃げ延びたらこちらの勝ち。続いて入ろうとした彼らは、凄

まじい量の土砂に阻まれることになる。

アクセルをいっぱいにふかして、晄はハンドルにしがみついた。後部座席で、アスーラとナヤムが連続して撃ち続けている。

やがて行く手に村の目印でもある崖が見えてきた。長年踏み固められてできた一本の道が、崖の真下を通って村に通じている。ジグザグに走って来たので、かなり距離は詰められていた。

「あと少し」

汗だくになりながらハンドルを握っていた晄が呟いた。砂地に足回りを取られまいと、神経を張りつめながら運転してきたのだ。肩も腕も、がちがちに強張っていた。

「もうちょっとだ。晄、頼むぞ」

アスーラも額の汗を拭いながら、ちらりと視線をよこす。

「まかせとけって」

親指をぐいと立てて返事をすると、後方との距離を測りつつ少し速度を緩めた。

「崖下に来たら、一気に突っ切るぞ」

「わかった」

アスーラがマイクを取り上げた。盗聴されるのを警戒して通信は控えていたのだが、これだけは連絡しないわけにはいかない。宮殿内部にあるコントロールセンターに、アスーラの命令が届いた。

「三分後だ。時間を合わせろ。三、二、一」

撃ち続けた銃が熱くなっている。それを抱えるようにして、アスーラは迫ってくる崖を見上げた。これが崩れ落ちるとき、また新たな戦いが始まる。いったんはサラーラに引いても、またここに戻ってくる。

時計が静かに時を刻んだ。

ナヤムも、通信を聞いていたサルマンも、無言でそのときを待った。

後方から散発的に銃声が届いたが、こちらを完全に捕捉したと判断したのかすぐに撃つのをやめ、あとはひたすら追い上げてくる。

「晄、行け！」

崖上で、微かな光が瞬いた。それを確認したアスーラの檄に、晄が深くアクセルを踏み込む。すぐに地鳴りのような揺れが襲ってきた。どうんと鼓膜を破られそうな爆発音が響き渡り、両側の崖が、ゆっくりと傾いてきた。

「うわあっ」

運転しながら見た、眼前に広がる凄まじい光景に、覚えず声が出る。

最初は砕かれた岩の欠片がぱらぱらと降り注ぎ、そのあとで一抱えもありそうな岩石の固まりが雪崩のように降ってきた。

「やばい、やばいぜっ」

呟きながら、晄は必死でハンドルを握り締めアクセルを踏む。二台の車は、崩れ落ちる岩を辛うじて避けながら疾走した。

「急げ！　サルマン、遅れるな！」

アスーラが、僅かに遅れるサルマンに怒鳴る。

激しい落盤に、追跡してきた敵の一隊が、手前で急停止するのが見て取れた。崩壊するスピードはますます激しくなり、アスーラ達が通り過ぎたあとを、夥しい土砂が埋めていく。

土砂流に流されそうになりながら、二台の車は崖下の危険な箇所を通り抜けた。砂埃がもうもうと舞い上がり、息を詰らせる。咳き込みながらハンドルを握っていた晄の視界が、急にぱっと開けた。

抜け出したのだ。

振り向くと、通ってきた道は凄まじい量の瓦礫に埋まっていた。

ブレーキを踏み、車を停止させてから、ハンドルの上に突っ伏した。心臓が、どきどきと高鳴っている。

助かった、という実感がじわじわと這い上がってきた。

後ろからアスーラの腕が伸びてきて、座席ごと晄を抱き締めた。

「晄……」

感動で深い響きを帯びたアスーラの声に、晄は眸を閉じてその身を委ねる。胸が震え、今なら自分もアスーラを愛していると言えそうだった。しかし、

「……サルマンが…」

切迫したナヤムの声に、浸りかけた感傷から引き戻される。

アスーラがはっと身体を起こすのを感じ、晄も閉じていた眸を見開いた。すぐ後ろにいたはずのサルマンの車。遅れかけてはいたが、一緒に危険な道を擦り抜けたはずだ。

どこにいる？

車の姿を探して見回した先に、後部を巨大な岩に押し潰されてそれが停まっているのが見えた。運転席で、サルマンがぐったりしている。

「サルマン！」

銃撃や岩の直撃などで傷だらけになったドアを蹴り開けて、アスーラが飛び出していった。ナヤムがその後に続く。晄も、強張った身体を伸ばして車を降りた。

サルマンの車の後ろはぺしゃんこで、運転席もダッシュボードの方にかなり圧迫されている。ドアは変形して開きそうもない。

運転席で、頭を打ちつけたのか、額から血を流したサルマンが突っ伏していた。

「サルマン、どこをやられた!」

窓から覗き込むようにして、アスーラがサルマンを気遣う。

「だ、大丈夫です。ただちょっと足を……」

岩が激突した弾みで運転席が前に押し出され、足が挟まってしまったらしい。

「折れただけですから、命に別状は……」

「ばか! 折れたのなら一大事じゃないか」

怒鳴りつけたアスーラが、なんとかドアを開けようと力を入れて引っ張るが、人力では開きそうもない。

「ロープで縛って、あっちの車で引っ張ったらなんとかなるかも」

眺が提案し、ナヤムが頑丈そうなロープを出してきた。窓枠にしっかり縛りつけ、反対側を乗ってきた車に結ぶ。

エンジンをかけてアクセルをふかすと、最初は空回りしていたが、やがてピンと張ったロープが、一瞬の力でドアを引き開けた。

役目を果たした車を停め、サルマンの所まで駆け戻ると、アスーラとナヤムが慎重に彼を引き出しているところだった。

相当痛みがあるのか、サルマンの額にはびっしょりと汗が浮いていた。それでも呻き声ひとつ漏らさない。なんとか助け出されて地面に下ろされると、その時初めて大きく息をついた。

ズボンを引き裂いて怪我のようすを見ていたナヤムが、

「折れてます」

と簡単に報告し、武器として使っていた銃からばらばらと弾を抜き取ると、銃身を添え木にして手早く処置を終えてしまった。手際の良さに暁が感心すると、

「こういう生活をしていると、日常茶飯事なんですよ」

と苦笑してみせる。

そのころになってようやく、宮殿内からひとが駆けつけてきた。瓦礫《がれき》の山となった村の道路に目を瞠《みは》り、サルマンの怪我には沈痛な表情を浮かべたが、その程度の犠牲で切り抜けられたことを悦んだ。彼らの手で担架《たんか》に乗せられたサルマンが、連れて行かれる前に暁と視線を合わせた。

「あなたには申し訳ないことをした。独りよがりの行動で、取り返しのつかないことをす

るところだった。危ういところで踏みとどまれて、本当によかった」

頭を深々と下げ、運ばれて行く間も頭を垂れ続けた。

「眺。俺からも詫《わ》びを言う。サルマンが行動を起こしたのは、俺のせいだ。もっと早く、眺の立場を明言しておけば」

「まったくだ」

アスーラの真摯な言葉に、眺が皮肉な眸を向ける。

「殺されるところだったからな、俺」

「だから、謝っているだろう」

「生きているからいいようなものの、一度は覚悟を決めたんだぜ」

「俺にどうしろと！」

「アスーラ様」

次第に声が高くなったところを、ナヤムの声が止めに入った。あたりに集まった者達の注視を浴びていることを目配せして教える。

「中に入って着替えよう。俺もおまえも惨憺《さんたん》たるありさまだ」

硝煙と砂と埃と血と。黒衣を纏っていないアスーラの服も、ひどく汚れが目立っていた。意識すると気持ち悪くて堪らない。

二度と帰らないと思っていた『寵姫の間』に戻り、用意されていた浴槽に向かう。さっさと服を脱ぎ捨てて、広い風呂場に入った。

シャワーで簡単に汚れを落としてから、至福の思いで中央の浴槽に身体を滑り込ませた。その途端、あたりの照明がぱっと落とされ、埋め込まれていたフットライトが点灯する。浸かった浴槽下部あたりから、小さな気泡が浮かび上がってきた。

照明が落ち、フットライトが点灯したあたりから、暁は緊張して次に何が起こるかと身体を強張らせていた。気泡が静かな音を立てながら次々に弾けていく。そして、その気泡と一緒に、きらきら光る粒子が湯の中で上下していることに眸を引かれる。

「なんだ、これ……」

茫然と、その光り物を手で掬《すく》って、それが金粉であることに気がつく。そういえば、足の裏にざらっとした感触が当たる。試しに爪先で蹴ってみると、仄かな光に照らされて、まばゆいばかりの金粉が乱舞した。

「綺麗だろう」

ごく近くでアスーラの声がしたので、はっと見上げると、浴槽の縁から乗り出したアスーラが、光を反射しながらくるくると動いている金粉をお湯ごと掬い上げた。そのまま金混じりの湯を、暁の肩に注ぎかける。

「これが一番の寵姫にだけ許される、黄金の風呂だ。ここで取れる砂金は砂のように極小のものだが、それでも重いから、せっかく湯に入れても沈んでしまう。こうして気泡を使って浮かび上がらせるんだ」

　晄は唖然とアスーラを見上げた。

「用意させておいたのに、おまえが逃げるから、無駄になるところだった……」

　ふっと笑った彼も、ざっとシャワーを浴びてきたらしい。裸の逞しい胸には水滴がついていて、晄の目の前でつーっと滴り落ちていく。その流れを思わず眸で追った晄は、それが割れた腹筋を伝い、さらにその下、密生した剛毛の中に消えていくのまで見つめてしまった。当然その間から主張して勃ち上がっているモノまで、はっきりと眸に焼きついた。

「欲しい」

　晄の視線を意識したアスーラの緑の瞳が、くらくらするような誘惑の色を浮かべて、じっとこちらを見据えてくる。

「……アスーラ」

　呟いた声が上擦ってしまう。これでは誘いかけていると取られても仕方がない。

「晄」

　甘い響きの声で名前を呼ばれた。期待に身体が震え、股間が熱を持ち始める。命が危険に晒されたあとは、異常に性欲が増すのだと聞いたことがある。人間の生存本能が、危機を察して子孫を残そうと働き始めるからだという。

男同士で子孫云々は意味がないが、欲求が増すというのは、晄自身が感じていることだった。今日の出来事を思い返せば、ひとの命はなんと儚《はかな》いことか。自分にしてもアスーラにしても、明日の命が保証されているわけではない。一度くらいは、素直にこの腕に自らを委ねたい。

湯の中に忍び込んできた指が、項を擽《くすぐ》り、鎖骨の線を辿って乳首に辿り着いた。そっと何度かそこを押され、芯を持ち始めたところを押し潰された。

「んっ」

抗わずに声を出すと、じんと広がる痺れがいっそう快感を高めていく。もう一方の指も、反対側の乳首を刺激し始め、晄は僅かに背中を反り、胸を突き出すようにして、与えられる快感に酔った。

「素直だな」

「……言うな。生きていられてよかったと、実感しているところだから」

「確かに。俺も生きているおまえを見たときは、言葉も出なかった……。あれほど嬉しかったことはないいな」

しみじみした口調で話しながら、濡れた指が晄の頬を撫でる。深い想いを込めた瞳が近づいてきた。軽く顎を支えられて、視界いっぱいに広がる緑の煌めきを受け止められなくなった晄が眸を閉ざすと同時に、甘い口づけが落ちてきた。

「ん、ふぅ」

角度を変えて何度も押し当てられ、やがて自然に解けたその隙間からアスーラの舌が忍び込んできた。口腔内を隅々まで嬲りつくされ、舌を絡めて強く吸われる。じんとした痺れが、背筋を伝う。気持ちよくてしだいに意識が朦朧とし始める。縋るものを求めて、自分から手を伸ばしていた。がっしりした肩に、爪を立てる。

「ん、んんっ」

息が苦しくて、胸を喘がせた。それでもまだ放してもらえなくて、自分からも放したくなくて、伸び上がるようにして貪り続ける。

「……晄、愛している」

囁きながら、アスーラが抱き締めてきた。

「神の与えたもうた運命《さだめ》の不思議に、今はただ感謝するばかりだ。自分がこれほどひとりの人間に心を奪われようとは」

同じ思いの晄も、アスーラに回していた腕にぎゅっと力を込めた。

やがてアスーラが、湯の中にするりと身体を滑り込ませてきた。身体が隙間なく密着して、その周囲を気泡に煽られ乱舞する金粉が取り巻いている。仄かなライトに照らされた周囲の壁は、あちらこちらでアレキサンドライトの赤紫に煌めき、晄を幻想の世界に誘った。

夢見心地の中で与えられる愛撫に酔い、自分からもアスーラの身体に触れて生きている証を探っていく。これまでは絶対に自分からは触れなかった、彼自身にも躊躇わずに手を伸ばした。

有無を言わさず陶酔の濁流に引きずり込んでしまうその剛直を、ひたすら愛でてさらに成長させた。

「晄…」

困ったように言って、アスーラが晄の指を止めにきた。

「ど、して……?」

思いのままに触れていた指を、その上から握られて動かせなくなる。それが不満で、怨じるように睨むと、視線を向けられたアスーラがうっと息を呑んだ。掌に包んでいる彼自身がどくっと脈打つ。

「凶悪だな、その顔は。思わずイきそうだった」

「イけばいいじゃないか、何度でも。生きていさえすれば、時間は無限にある」

「……命の尊さは、おまえの中で感じたい」

ゆらっとアスーラの身体から誘惑の炎が立ち上った。晄を巻き込んで、共に陶酔の波に浸ろうと誘う。

「そこを……」

低い声で求められて、まるで催眠術にかかったかのように自分から向きを変えると、半身を屈めて腰を突き出した。長い指が、愛おしそうにしなやかな背中を撫でさすりながら、ゆっくりと丸みを帯びた部分に伸びてくる。

双丘を両方の手で開かれた。固く窄まった部分に微かに湯が当たる。中途半端の姿勢がつらくて、湯船の縁に身体を預けた。

「はぁ……っ」

するりと、敏感なスリットを撫でられて、期待感で声が漏れる。

「感じるのか」

「……感じる。そこ、もっと…して」

何度も抱き合っていながら、晄が自分から求めるのは初めてだった。噛み殺したりせずに、思いのままに艶声を上げるのも。

言われるままにアスーラが軽く爪を立てるようにしてそのあたりを上下させると、晄は仰け反るようにして、そこから広がっていく、痺れるような快感に耐えていた。

「んっ……ぁ」

もっとその部分への強い刺激が欲しかった。擦るだけじゃなくて、指を挿れてほしい。奥の、快楽を覚えさせられた部分が、ざわざわと蠢き出している。足りないと、もどかしさを訴えてくる。

唇が乾いて堪らず、舌を突き出して唇を舐め回す。唾液でたっぷり濡らしても、身体の奥から噴き上げる熱が、すぐに湿り気を奪い去っていく。

「あ、も……、挿れて」

とっくに勃ち上がっている前からは、淫液が滲み出していた。白い糸が湯の中に筋を描き、気泡に掻き乱されて消えていく。腿に触れるアスーラ自身も、先端が滑っているのがわかる。

欲しい、と、艶やかに欲情した瞳でアスーラを見上げる。この切なさをなんとかしてくれと、無意識に腰を揺らして誑《たら》し込む。

「……っ」

今まで余裕ありそうに嬲っていた動きから一転して、アスーラの指が強引に奥に潜り込んできた。忙《せわ》しなく周囲を抉るように動いて、中をくつろげようとする。一度引き抜いて、今度は二本まとめて押し込まれた。一緒に入り込む湯が、圧迫感をいっそうひどくする。

「く、苦し……」

呻きながらも、やめろとは言わない。それどころか、中を弄られる快感で今にも弾けそうな前を自分で押さえながら、

「もっと……だ、…足らない……、アスーラ…」

と、アスーラを煽り立てる。

「くそっ、そんなにされたら……っ」

もたない、と軋るような声を漏らし、次の瞬間まだ十分に広がっていない狭い隘路に、自らの先端を押しつけた。

「うっ……、ぐぅ…っ」

強引に潜り込まれて、晄のそこは今にも裂けそうなほどの衝撃を受けた。

「ア、スーラ……っ」

苦痛に呻きながら、晄は浴槽の縁に縋りついた。懸命に息を整え、身体から力を抜こうと足掻く。今受け入れようとしているのは、アスーラなのだ。拒みたくない、このままなんとか……。

もがく晄の前に、アスーラが手を伸ばしてきた。激痛で僅かに力を失ったそこを、柔々と揉み立てる。

「……ぁ」

痛みを凌駕《りょうが》する快感が晄に声を上げさせる。苦痛ではない甘い声に力を得て、アスーラがさらに昂りを擦り上げた。

「あ……、んん」

じわりと全身に伝わる快感の波に、ふっと身体の力が抜ける。その隙を見澄まして、アスーラが自分の熱塊を一気に奥へ押し込んだ。

「ああっ」

晄が衝撃で息を詰めた。それをあやすようにまた前を弄られる。痛みと快感とが狂おしく全身の神経を駆け巡った。無理やり広げられた狭い入り口は、灼熱の塊に呻吟し、柔軟に迎え入れた奥は、歓喜にざわめいて熱塊を締めつける。そして抉き立てられている前から広がる、遥かな地平の彼方に待ち受ける頂点への期待が晄を昂ぶらせていくのだった。

「あ、ああ……、ぁぁぁああ……っ」

一時に押し寄せる相反する刺激に、脳がスパークした。すべての感覚細胞が、受ける刺激を快感に変換し続け、腰の奥で蠕動《ぜんどう》する敏感な襞からも、悦びの波動が伝わってくる。

アスーラが自らの到達点を求めて激しく腰を揺すると、その波を逃すまいと暁が締めつける。揺さぶり揺さぶられながら、ふたりして螺旋《らせん》を描くように高みに登り詰めていく。そして、煌めく虚空の果て、渦巻く白熱の高みから、突然に投げ出された。

「あぁぁっ！　イくっ」

「暁っ」

アスーラが力いっぱい暁を抱き締め、暁は達したあとの締めつけで彼を灼熱の渦に巻き込んだ。

長い失墜感が続いた。

真っ逆さまに急落する途中から、ふわりと空気の層に受け止められ、あとはふわふわと漂う心地良さに包まれて地上に降りてきた。

早鐘のように鳴っているのは、自分の鼓動なのか、アスーラのものなのか。ぴったり合わさった身体は、分かちがたく一体化していて、それを見極めることもできない。

激しい交情で溢れ返った湯が、湯船の縁を越えて大量に零れ落ちていた。その中に、きらきら光る金の粒も混じっている。まだぼんやりした意識のまま、暁はじっとその煌めきを瞳に映していた。

黄金を浮かべた風呂に入れるのは、第一の寵姫の証。

あのとき告げられた言葉が蘇って、微苦笑を誘う。寵姫、けっこうじゃないか。この先もアスーラが抱くのが自分ひとりなら、寵姫の名前だって受け入れてやる。

命の危機に晒され生き延びてみると、人生はなんとシンプルなことか。愛する相手がいて、その相手に求められて。それ以上何を望むのか。何もありはしない。

抱き込まれて、独占欲も露わに締めつけてくる腕が愛しい。

晄は相手の肩に頭を凭せかけるようにして、眸を閉じた。

この温もりの傍らで、生きていく道を探さなければ。

腰の奥に捕らえたままのアスーラが、微かに動くのを感じた。引き抜こうとするその動きを、晄は自らの腰を絞り上げることで止めた。

「晄?」

訝しげに覗き込んでくる顔に、「もっとだ」と囁きかける。

「欲しい。このまま……、アスーラ」

欲情して掠れた声で誘うと、それに応えるように内部でおとなしくしていた塊が一気に膨張した。圧迫感に、思わず呻き声を上げたが、正直に欲しがるそれが嬉しかった。

「いいとも、何度でも」

雄々しく答えながら、アスーラが晄を抱き直した。

「覚悟しろ、抱き潰してやる」

草原の瑞々しい緑の瞳が、一瞬で灼熱の炎に変わった。最初から激しく突き上げられて、晄は息も絶え絶えにアスーラの腕にしがみつく。

「あっ、あっ、あぁぁぁぁ」

髪を振り乱し仰け反るようにして嬌声を上げる。腰の奥の杭に穿《うが》たれた部分から迸《ほとばし》る熱が、全身を包んで燃え上がった。

抱き潰してやるとの宣言通り、文字通り絞りつくされた。互いにもう何も出ない、からからになるまで貪り尽くしたあとで、ぐったりした身体を抱えられて、ようやく部屋に戻ってきた。

アスーラの手を借りながら、新しい衣装に袖を通すとさっぱりした気分になった。

濃厚な夜の記憶が、ふたりの間の距離を近づけたように思う。陵辱から始まった関係を、永続的なそれに育てていくには、ただ反発するのではなく、相手のことを思いやれるようにならなければならない。それがまずは最初の一歩だ。

東の空が、白々と明けていく時間だった。アスーラが席に着くと同時に、次々に朝食の皿が運び込まれる。空腹に今さらのように気がついて、暁の手も遠慮なく伸びていた。アスーラもしばらくは食事に専念していて、ぽつりぽつりと話し始めたのは、食後のコーヒーが準備されてからだった。

「俺達を追ってきたのは、どうやらディルハンの捜索隊らしい。崩れ落ちた崖の周囲を調べ回っているようだ」

「これから、どうするんだ？」

「ほとぼりが冷めるまで、宮殿から退去する。出入り口をすべて閉ざしてしまえば、ここが見つかることはまずないだろう」

淡々と口にしているが、営々と築き上げた祖先の地を一時的にせよ退くのだ。内心は断腸の思いだろう。

「アスーラ……」

暁は、何気なく口にしかけた同情の言葉を呑み込んだ。誇り高い彼に、そんな言葉は侮辱にしかならない。

「アルと呼べ。身内は俺のことをそう呼んでいる」

「身内って……」

思わず口ごもってしまった。

「おまえも、サラーラに連れて行く。母にも紹介しておきたい」

「ち、ちょっと待て」

慌ててアスーラを止める。まさかと思うが、そんなばかなことはしないと思うが。でも念のために一応聞いておきたい。

「……なんと言って俺を引き合わせる気だ」

「唯一無二の恋人だと」

「……っ。おい！」

思わず声を上げた晄を、情熱的な光を湛えた緑の瞳が覗き込む。笑みを浮かべたその表情に、惹きつけられた。

「慈《いつく》しんで大切にすると誓う。寵姫の証明でもある、黄金の風呂にも入れてやったし。間違いではないだろう？」

「まて、待てってば」

伸ばされた腕にすんなり身体が添いかけて、言われた内容に飛び上がる。確かに、寵姫の名に甘んじると決心はしたが、それはただ自分の覚悟の表明であって、対外的に宣言されるのは困る……。

「わかっていると思うが、俺は男だぞ」

「もちろん」

するりと手が伸びて、足の間に触れられる。

「ここに立派なものがあることは、知っている。が、睦み合うのになんの妨げにもならない」

うっと息を詰めたのは、さらりと触れた感触だけで、じわりと熱が広がったからだ。さっきさんざん絞りつくされたと思ったのに。節操のない反応にうんざりする。

「だけど！」

慌てて、これ以上不埒な真似をする前に、アスーラの手を押し退ける。

「頼むから、恋人と言うのはよしてくれ。俺は男だし、おまえよりは年上だ。世間体も外聞も憚りたい」

「では、なんと？」

「せめて最初は友人と……」

言った途端、アスーラの眉が不快そうに顰められた。しばらくじっと暁を睨んでいたが、しぶしぶと頷いて申し出を受け入れた。

「わかった。おまえの言うとおりにしてやろう。ただし、条件がある」

「ありがとうって、俺が言うことか、まったく。それで、なんだ、条件って」

疲れ果てて天を仰いだ晄の耳に、アスーラがその条件を囁いた。

「おまえの口から、『愛している』という言葉を聞きたい。俺はちゃんと言ったのに、おまえからはまだ聞いていない」

勘弁してくれ、という晄の悲鳴は、誰の関心も引かなかった。自分達の首領とその『寵姫』が、日常茶飯のように口喧嘩をしていることは、部屋の警備についているものは全員が知っていたからだ。

「晄、言ってくれないのか？　だったら紹介の名目は『恋人』だな」

にやにやしながら顔を近づけて、確信犯のアスーラが催促してくる。

言えるか、とは今の状態ではとても言えない。だが面と向かってその言葉を告げるのは恥ずかしすぎる。

サラーラに赴けば、行方不明になったことを心配している伯父や、日本の家族に連絡を取らなければならない。なくしたカード類やパスポートの再発行手続きも必要だ。そして途中で投げ出した形になっている仕事をどうするかの決断もいる。

アスーラと別れるつもりはないが、その前に解決すべき問題が山積みだった。

そして、先の未来のそれらより、今この瞬間の難題をどう切り抜けるか。

迫ってくるアスーラに屈服して、赤面ものの台詞を口にしてしまいそうな自分こそが、一番の問題ではある。

数日後の夜、月明かりの中を駱駝に乗ったふたつの影が、ひっそりと岩山を離れていった。途中で手綱を引いて駱駝を止めたアスーラは、振り返って黒々とした影を延ばす岩山をじっと見つめた。その地下に壮麗な宮殿が営まれているなど、誰も想像しないだろう荒涼とした岩山だ。麓《ふもと》から少し過ぎると、小石混じりの砂利に代わり、その先はさらさらした砂地が遥か彼方まで続いている。

「アル、行こう……」

晄は手綱を握る手に、そっと自分の指を添えた。サラーラの国境まで、そしてその先へ、ふたりの旅路は今始まったばかりだ。

あとがき

こんにちは、はじめまして。今回は『砂漠の黒い風』アスーラが主役で登場です。続きが読みたい、と言ってくださった皆様のおかげでのシリーズ化。本当にありがとうございました（ぺこり）。このままもう少しお付き合いくださると嬉しいです。

アスーラのお話は、前作が出たときから頭にありました。常に黒づくめで砂漠を疾走する盗賊の首領。その情景を思い浮かべるだけで、橘《たちばな》の乙女心（自分で言うのは、ちょっと図々しいかも……笑）は、ふわふわと空想の世界を彷徨《さまよ》いました。一種のアウトローですね。正統派の王子様より、こういうお方に心惹かれるのは橘だけでしょうか。

そのぶん、相手役の設定にも悩みましたし、いったいどこでお話にピリオドを打つのか、ということでもさんざん頭を使いました。なにしろ『お尋ね者』です。当局に逮捕されたら悲惨《ひさん》な末路《まつろ》が待っています。といってこれ一作で、ディルハンの王位を回復するところまで持っていくのはページ的にちょっと無理。第一アスーラが王様になっちゃったら、暁《あきら》とのめくるめく恋の成就《じょうじゅ》が……（爆）。結局ああいうラストになりましたが、読者様は満足してくださるでしょうか（かなり心配……笑）。

それにしてもアスーラ、晄に対して酷いことをしてますね。実はこのあとがきを書いている時点で、小心者（！）の橘は、そのシーンが過激すぎるとお叱《しか》りを受けそうで、びくびくしています。これまでのカップルは、どちらかといえば甘々な展開だったのに、今回の彼らは趣《おもむき》が違いますからね。もしかして砂漠ものの定番である、本来の意味の監禁拘束えっち（爆）を、初めてクリアしたのでは、という感じです。もっとも相手役の晄も負けてなくて、対等にやり合っているので、ある意味釣り合いはとれているのかも。橘の受けは、ここでも強かった……（笑）。それくらいでないと、アスーラとはつき合えないのかもしれませんけれどね。

そして、砂漠のお話の定番といえば、豪華《ごうか》絢爛《けんらん》。今回の舞台は……です（……は本文を読んでくださいね……笑）。書き始める前からその設定はあったのですが、担当さまと話しているうちにどんどんイメージも広がって、頭の中では絢爛たる世界が広がっていました。筆力のなさで、そのイマジネーションが上手く伝わらなかったら悲しい、と思うくらい素晴らしい情景なんです（あくまでも橘の頭の中では……笑）。

もともと第一作目から、豪華な設定にはとーっても苦労しているのですが、なにしろ橘は庶民ですから（笑）、貴族の館《やかた》、とか、世界のお城とか、イスラム世界のモスクとか、美術品とでも言えそうな建物を見ては想像力の限界に挑戦しています（爆）。

それしても、現実にこんな場所で生活をしているひとたちがいる（いた）のですね。書いたそれぞれの場所や建物には、参考にした実在の所があったりもします。中近東の旅行ガイドなどを読まれた方には、ここかな、と見当がつくかもしれません。もちろん、かなり橘の創作が入っていることは、お断りしておかなければなりませんけれど。

そして志岐《しき》が発掘を担当しているウルクについても、実はドイツの考古学者が実際に発見した遺跡を参考にさせてもらいました。本当にあるんですよ、ウル、とか、ウルクとかいう古代都市が。図書館で、分厚い遺跡ガイドを見つけたときは、思わず凄い、と呟いていました。何しろ今から五千年前ですよ。ピラミッドより古いのです。こういう祖先を持った民族が、誇《ほこ》り高くなるのは当然かと思ってしまいましたね。その頃日本人はどうしていたのか、なんて考えると余計に（笑）。

そして今回書きたかった場面のひとつ、サウディンのプリンス達の勢揃い（笑）。念願が叶って、とっても嬉しいです。実は最初に出てきた大佐《たいさ》も、ちょい訳ありの方で、ご存じの方はにやりと笑ってやってください。

もうひとつ、このシリーズで苦労しているのは、実は、名前、だったりします。あちらの国の人名のストックがあまりなくて、必死でこね回しては命名しています（笑）。アラビア語を勉強していれば、もっと簡単に名付け親になれたのでしょうけれど。なかなか難しいところです。

さてシリーズも三冊目になると、砂漠の世界もいろいろ広がってきました。サウディン、サラーラ、ディルハン。それぞれの国の王子達が、それぞれの宿命を背負《せお》って登場し、それに偶然関わり合ったせいで恋人になってしまった（笑）ひと達のお話、を書いてきたわけですが、次作では、いよいよ志岐とサイードのその後、が登場します。アスーラ達が乗り込みますので波乱含みで、何やら事件も起きそうな……（笑）。新キャラも出る予定なので、またぜひ読んでくださいね。

亜樹良《あきら》のりかず先生、いつもいつも素晴らしいイラストをありがとうございます。おかげで橘の作ったキャラたちが、千倍増しのかっこよさで動き回っています。これから先も、よろしくお願いします。

そしていつも橘の執筆の原動力となってくださる担当さま。ついに三作目ですよ。一緒に喜んでくださって、ほんとに嬉しかったです。次も、そしてできましたらその次も、ぜひお願いしたいです（切実……笑）。

最後に、手に取ってくださった読者の皆様、本当にありがとうございました。読んだ感想など、ちょろっとでも寄せていただくと、飛び上がって喜びます。

それではまた。どこかでお逢いできますように。

橘かおる

灼熱《しゃくねつ》の楔《くさび》につながれて

プラチナ文庫をお買いあげいただき、ありがとうございます。
この作品を読んでのご意見・ご感想をお待ちしております。

★ファンレターの宛先★

〒112-0004　東京都文京区後楽 1-4-14
プランタン出版　プラチナ文庫編集部気付
橘かおる先生係 / 亜樹良のりかず先生係

★読者レビュー大募集★

各作品のご感想をホームページ「@プラチナ」にて紹介しております。

メールはこちら→platinum-review@printemps.co.jp

プランタン出版HP http://www.printemps.co.jp

著者——**橘かおる**（たちばな かおる）
挿絵——**亜樹良のりかず**（あきら のりかず）
発行——**プランタン出版**
発売——**フランス書院**
〒112-0004　東京都文京区後楽 1-4-14
電話（代表）03-3818-2681
　　（編集）03-3818-3118
振替　00180-1-66771
印刷——誠宏印刷
製本——小泉製本

ISBN4-8296-2280-6 C0193